吕金全／著

西北偏北

天津出版传媒集团

天津人民出版社

图书在版编目（CIP）数据

西北偏北 / 吕金全著. -- 天津：天津人民出版社，
2021.10

ISBN 978-7-201-17644-4

Ⅰ.①西… Ⅱ.①吕… Ⅲ.①诗集—中国—当代②散
文集—中国—当代 Ⅳ.①I217.2

中国版本图书馆 CIP 数据核字（2021）第 188377 号

西北偏北
XIBEI PIAN BEI

吕金全　著

出　　　版	天津人民出版社
出 版 人	刘　庆
地　　　址	天津市和平区西康路 35 号康岳大厦
邮政编码	300051
邮购电话	（022）23332469
电子信箱	reader@tjrmcbs.com
责任编辑	谢仁林
封面设计	武　艺
制版印刷	廊坊市海涛印刷有限公司
经　　　销	新华书店
开　　　本	880 毫米×1230 毫米　1/32
印　　　张	9.25
字　　　数	205 千字
版次印次	2022 年 1 月第 1 版　2022 年 1 月第 1 次印刷
定　　　价	59.80 元

本书由南开大学"王磊涌泉基金·筑梦计划"资助出版

诚挚感谢南开大学 1997 级旅游系校友王磊先生

/ 荐序 /

崔丽芳

与金全认识已有五年了，形式上来说，他是我的学生，但这五年间当我和他的交流越来越多时，我自觉师生关系其实早已限制了他给我带来的影响与改变。2020 年金秋时节，金全把他即将付梓的创作集发给我，希望我能写上一段话，既作为这份作品的荐序，也算是我的感受和反馈。

细读这份创作集，我的第一个想法就是之前我对金全的了解还是不够完整。金全对诗歌的热爱和诗歌对于金全的意义在我为本科生和研究生开设的英美诗歌课上通过与同学们的交流和互动就已经有所领会。特别是金全于本科毕业之际在南开园举办了自己的诗歌作品展，我当时特地去南开大学第二主教学楼一楼展厅浏览了金全的诗作。令我惊讶的是，他的诗歌旅程竟然很早就开始了，而且一直笔耕不辍。还有一个深刻的印象就是，金全的创作虽然大多发生于学校，但他的诗歌想象和冥想哲思却不囿于校园这样一个地理空间。他的诗歌有青春记忆，但更有对自然的观察、对传承的珍视、对生死的思考和对诗义的探索。可以说，金全的诗歌灵魂是鲜活丰富的，同时也是老到成熟的。而这样的"复杂性"更充分体现在了他准备出版的这份创作集中。

这份创作集里呈现了金全的多元身份。首先他是南开大学赴阿勒泰支教团的一员，出发前支教团的成员们还是学生，而当落地在西北之北时，学生们立即转换为教师的角色。金全在各种体裁的小文中再现了支教团的教学实践经历，从他的记叙和回忆中我看到的是地方教育工作者无问西东的安静耕耘和边疆学生们对知识与潜能的努力拓展。其中很让我感动的是金全和南开大学研究生支教团的其他成员们用闪亮的理想和扎实的作为给西部学校带来的实验和改变。从这个意义上来看，金全在支教期间不仅仅是一位普通的英语老师，更是一位充满勇气的教育实践者和改革者。

金全对这段经历的记录既是纪实性的，也是充满诗意和情感的，我想这是因为他能够把自己诗人的身份内化于生活和工作本身，用诗人的视角观察生活、体验工作。尤其可贵的是，金全不仅把诗歌视为自己与自己对话的一种方式，更乐于将之作为与西部的孩子们交流和沟通的一种媒介。我相信，他在阿勒泰地区第二高级中学创立的克兰诗社和举办的一系列诗歌讲座已经成为西部学校人文教育的一笔宝贵财富。德国哲学家雅斯贝尔斯说过一段广为流传的话："教育的本质意味着，一棵树摇动另一棵树，一朵云推动另一朵云，一个灵魂唤醒另一个灵魂。"可见，教育的价值就是一种启蒙，一种点燃，一种唤醒。我以为，金全就是在用自己的诗歌灵魂和人文良知身体力行地实践着这样一种启蒙、点燃和唤醒的教育理想。

　　说回金全的诗人身份，我发现这份创作集同样也体现了他所关注的问题的多元性。特别是在新冠肺炎疫情期间，他用诗歌的形式省视了自身和土地、家园的联结以及人与自然的关系。可以说，这两类主题突破了金全之前诗歌创作的关注面，他以自己的观察、体验和经历为个案，将地方、环境、生态和人类命运这样的大主题纳入诗歌意象的美学设计和观念伦理的思考范畴之中。诺贝尔奖组委会曾对1995年文学奖得主、爱尔兰诗人谢默斯·希尼的诗歌创作评价道："希尼的诗歌具有抒情之美和伦理之深，使日常生活中的奇迹和活生生的往事得以升华。"在我看来，金全的地方诗和生态诗也正逐渐呈现出一种日常与回忆、抒情与伦理、自我与世界之间的搭建和融合。

　　我们所教过的学生中，很少有人在读书期间能有机会出版自己的原创作品，虽然个中缘由一定是复杂的，我想这种情况首先不能判定为学生中少有人拥有原创的才能。在同辈人中，金全当然有着出色的创作能力和勤奋的写作习惯，我想能够推动他将作品结集出版的更重要的动因是他鲜活并不断更新的诗歌灵魂和不易受外界干扰的人文追求精神，而这样的精神既是孤独的，又是独立的。这样的灵魂和精神更使我确信，我和金全之间不仅仅是师生关系，我们更是同行者和同路人。

/ 目录 /

第二部分　迷失诗歌的七年岁月

懵懂

迷途

探索

回归

后记

第一部分
阿勒泰一年：我的支教笔记

得材而育之，

一年生长，

尚未长成参天木，

我却已离去。

献给新疆阿勒泰地区第二高级中学

献给南开大学研究生支教团的团友们

献给那一年难忘的支教岁月

绪 言

热情的新疆

既然这一年注定难忘，那便用真心感受，尽全力书写。

——题记

在乌鲁木齐地窝堡国际机场落地的那一刻，我们一行 9 人就共同开启了这不平凡的一年。新疆是热情的，晴朗的天气，簇拥的人群，言语中飘扬着的欢笑，似乎都在生动阐述着小学语文课本中《葡萄沟》的喜人景象。

时任阿勒泰地区第二高级中学的团委副书记谢老师热情地接待了我们，坐着中巴，一路上大家满是好奇，谈笑着，议论着。最后到了新疆农业大学，准备参加为期一周的岗前培训。

农大的校园里挂满了横幅，像"确认过眼神，你是富蕴想要的人""你不是作家，却可以书写边城布尔津的童话""一座为青春梦想加'油'的城市，打起行囊我们一起出发""你笑起来真好看，像极了阿克陶的人""魅力丝路八万里，人文喀什两千年"。那都是各个州县的西部计划项目办特意准备的，各说各的好，总之是想多招揽人才。

在浩浩荡荡的人群中，每个人都被激励着，在"到西部去，到基层去，到祖国最需要的地方去"的口号声中，志愿者们怀揣着梦想，洋溢着热情，准备踏上一段未知的人生旅程。

军训结束之后，紧接着是四天的讲座，有关于新疆历史地理概况的，有关于往届优秀志愿者的故事分享的，自治区团委的安排很周到，我们听得也很认真。

可是新疆和内地到底不同，两个小时的时差，加上干热的天气，一开始都会有些水土不服。到了一点钟，终于等来了午饭的时间。支教团里初次来新疆的姑娘还很不习惯，夏日又难有胃口，所以就跑着去食堂，多拿几块冰镇的西瓜、哈密瓜，先吃些这样清凉可口的东西，才能吃得下去饭。

培训结束的那天，谢老师带大家品尝了新疆正宗的特色美食，大盘鸡、凉粉、烤肉、酸奶……也许就是从那时起，大家的口味开始变得刁钻，以至于一年后，重新回到天津，同样是新疆饭店里的大盘鸡，却觉得少了许多滋味。

第二天一早，我们乘飞机去往有着"金山银水"之称的西北小城阿勒泰，下飞机的时候，我拍下了航站楼上殷红的三个大字，并在朋友圈里配文：Altay, I am back.（阿勒泰，我回来了！）

那时候地区二中的团委书记还是马丽娜老师，我们喜欢叫她"娜姐"。出了航站楼，便看见她向我们招手，一一握手，相互介绍后，便准备前往我们的支教学校——阿勒泰地区第二高级中学。在车上，娜姐热情地给我们介绍着阿勒泰。

娜姐是哈萨克族，高高的鼻梁，白皙的皮肤，长得很好看。虽然看起来似乎有些柔弱，可偏偏有着果断凌厉的秉性，这在后来共事的一个学期里体现得尤为明显。每次写学校的通讯稿件，她总能在课前或者课间的片刻时间，快速而出色地完成。我想，用思若涌泉、倚马可待形容，也丝毫算不得夸张。后来的我写起通讯稿，却总要多花上许多时间。

阿勒泰有个旅行书吧，名字叫"阿勒泰的角落"，在当地很是出名。开学的第二个星期，娜姐去逛书店的时候，特意买了一本当地作家李娟新出的诗集《火车快开》，送给了我。莫校长看见了，便嘱咐我说："你要好好写，将来努力超过她。"

逢着周末，我跟朋友一起去了趟那家书店。它坐落在一处静静的深巷里，入口的地方横着一道铁栅栏。走到书店门前，环视一周，觉得这家书店有些名实难副。低矮的门楣，黯淡失色的外墙，称不上雅致的构造，与我心中的模样出入甚远。然而，我们从来都不应该以外观评价外物，以外貌揣测他人，正如一个其貌不扬的人，你不试图走进他、了解他，又怎么知道他没有藏着远大抱负与壮志雄心？

走进门，右手边摆着各式图案的明信片，大多是阿勒泰的风景。书店里的陈设倒也整齐，书架上摆着琳琅满目的书籍，市面上的畅销书几乎都能找到。最吸引我的是本土作家的书架，故而我在跟前驻足良久。

踏着狭窄陈旧的木质楼梯，二楼是别有一番洞天的地方。十几平方米的阁楼上，摆放着七八张小桌，墙上挂着年代感十足的黑胶唱片，四处贴着复古风格的海报，还有读者、游客们留下的满是字迹的便利贴纸。几根长长的细麻绳上，用小小的凤尾夹挂满了明信片。这里就是旅行书吧看书的地方了。

店主很热情，但也绝不像市场上吆喝的商贩，跟书本打交道的人，身上似乎都带着一种不同寻常又难以名状的气质。小桌上搁一杯咖啡，端坐椅子上，翻看着小说，在这片封闭而静谧的空间里，心中会生起几分惬意，这便是阿勒泰这个神奇的地方的热情！它不似嘈杂街市的咋呼，不比喧嚣夜市的喧腾，不同醉醺酒场的落拓，你会因为一抹保留、一丝神秘、一些拘束而怡然自得。

那一刻，我觉得，"阿勒泰的角落"是这座边地小城多么可贵的点缀，不，是多么不可分割的一部分。它为这里的人们开启了一个值得探索的思想世界，也见证着人们走向成熟的历程。每一次去都会觉得，它还是那样热情，那样亲近，那样富有感染力。

未来的哪一天，若我难以抑制心底的恋念，再度想起那些热情的人们，那片热情的沃土，我一定还会回去走走，哪怕物是人非，也要努力找回那份珍贵的热情。

2019 年 7 月 26 日

南开大学外国语学院

—— 你好，阿勒泰！——

为何我的笔触变得锈钝不堪？

为何我的笔触变得锈钝不堪？
是生活琐事的牵绊，
是甘于平凡的留恋，
是蒸腾的汁墨晕染了花瓣，
抑或不知何时，
岁月压弯了笔杆？

2018 年 8 月 7 日

刚到阿勒泰的半个月，每天跟着高一（13）班的学生军训，新一届的高二因为缺英语老师，所以军训的第三天，我又被临时拉去，带高二（2）班和（4）班的英语课。每天奔波在操场和教室之间，我的生活一下子变得无比充实，以至于我有些张皇失措。然而，我偏偏是那种越有压力就越有干劲儿的人，所以只过了一两天，我便习惯了这种紧张的节奏，心态上也变得从容不迫。

坦白说，加之工作内容上的陌生感，这种疲于奔命的生活状态下的我完全是蒙的。每天只是竭力完成任务，显得太过循规蹈矩，老气横秋。可我希望的支教生活不是这样的。课堂上，我想要内容和方式上的创新，我要活跃的课堂气氛，我要启发式的教育；军训中，我想要在言行举止之间潜移默化地影响这里的学生，我要卓有成效的鼓舞与激励，我要平等的交流。

一周之后，终于迎来了一天的短暂休整时间，于是我便写下了这几行文字。不单是觉得自己不能放下笔，不能停止记录，更是提醒自己不能忘记生活的热情，不能忘记赋予生活更加缤纷的色彩，不能单纯沉溺在一成不变的圈套里。我要走出来，思考、行动、总结、再行动，最终让支教生活多一层深意，多一些内涵！

我觉得，屈从会让我们变得甘于平庸，只有波澜之后，才会泛起涟漪，才能体会心潮澎湃。

教师是什么？

教师是什么？

她该是一只蝉，

与学生一同完成蜕变。

过程也许有些痛苦，

可即便薄如蝉翼，

也可飞上枝头，鸣彻林间。

她该是一只鸟，

与学生一同羽翼丰满。

成长也许有些缓慢，

可即便轻如鸿毛，

也可鹰击长空，飞越高山。

她该是一只船，

与学生一同驶向彼岸。

漂泊也许有些厌倦，

可即便浩如烟海，

也可翩翩泛舟，穿过浩瀚。

2018 年 9 月 10 日

2018 年的教师节对我有着特殊的意义，那是我第一次过教师节，或许也是我一生中唯一的教师节吧！初为人师，虽然誓要做一个影响学生成长的老师，但这对于没有经验的我来说，着实是一件困难的事情。那时候，我成天想着，怎么才能成为一个好老师呢？

我清楚地知道，遇见一个好老师对一个学生意味着什么。每当我回忆起我的小学、初中和高中，五六年级时的语文老师许老师、英语老师李老师、初中的语文老师杜老师、高中的数学老师林老师……他们都是我生命中重要的启蒙者。没有他们的激励、鼓舞与教诲，我便没有今天的模样。

年轻的老师常常会被家长质疑，"你这么年轻，能教好书吗？"

这种时候，我通常面带微笑，沉默不语。但心中已经下定了决心，一定要干出个样子。带着不误人子弟、不耽误学生前程的初心，在详细丰富的备课中、在活泼自由的课堂上、在亲近平等的交流中、在认真细致的批改中，我逐渐明白了教师的深刻含义。

教师同样需要不断的成长，只有经历过一次次痛苦的蜕变，才能与学生一同进步。一个老师就像一只鸣蝉，作为个体是渺小的，是单薄的，但是在一个教室里，便是最"响亮"的。一个老师就像一只苍鹰，最初的时候羽翼尚未丰满，四十年的时候还要啄去羽毛，重获新生，但他和他的学生心中始终向往着蓝天，羽翼渐丰，便要搏击苍穹。一个老师也像一叶小船，学海无涯苦作舟，老师不也是始终相伴？因为彼此的相依相伴，所以他们总能穿越浩瀚，抵达彼岸。

相 聚 二 中

斗转四方聚金山，星移北国耀克兰。

犹忆津地往昔甜，萦绕二中梦教坛。

六秩春秋几章篇？南开同庆遥百年。

回望廿载额河畔，青壮共蓝边地天。

2018 年 9 月 14 日

也许是冥冥之中的安排，我梦幻般地回到了阿勒泰支教。阿勒泰的天文观测条件得天独厚，稀薄的云层和大气，一年中晴朗的天数，合适的海拔高度，距离城市中心的距离等，这一切都注定了她北疆天文观测重镇的命运。所以写这首小诗的时候，我便觉得这宇宙的斗转星移之间竟也是如此偏袒，如此暗藏私心，故而造就了巍巍金山与潺潺克兰。

从一个大学本科毕业生到一名高中教师的转变，起初并不是那么自然，一边仍旧沉浸在大学生活的节奏里，一边对即将到来的身份充满了期待和兴奋。南开大学第 20 届研究生支教团很幸运，遇见了那么多历史节点。那一年，新疆阿勒泰地区第二高级中学迎来了建校 60 周年庆，翌年又是南开大学建校 100 周年和研究生支教团成立 20 周年。有幸见证这两所结缘 17 载的学校的重要时刻，我们无比幸福。当然，也无比忙碌。

17 年来，193 名南开支教人在额尔齐斯河畔书写了许多令人感动的故事，为祖国西北边陲的教育事业做出了各自的贡献。因为怀着一个目标，因为听着一个口号："用一年不长的时间，做一件终生难忘的事"，他们和当地的教职员工们挥毫泼墨，只为把那片天空描绘得更加湛蓝。

从"教师的素养"说去

前段时间，很有幸参加语文组的刘艳老师的茶话会，聆听之时，便觉分外启发与顿悟，所以便将感悟写了下来。

以"教师的素养"为题，刘老师觉得，她难以完成这个任务，毕竟其宏大高远非半日之功可阐述详尽。因此，刘老师从自身谈起，凭借 19 年从教经验，与吾辈后生共叙教书育人这件不大不小的事儿。

刘老师认为，教学大致上会经历教无定法、亦步亦趋、择善而从、行不苟合、胸有成略、循规蹈矩、墨守成规的七个阶段，在经历过这些阶段后，一个教师也基本上完成了他的整个教学生涯。从初为人师的囊中羞涩，到渐入佳境的认可，到行云流水的精通，再到日薄西山的没落，可能大多数老师都难以逃脱这样的命运。不同的地方是每个人开始各个阶段的时间不一样，停留在各个阶段的时间也不一样。有的老师会很快达到行不苟合与胸有成竹的阶段，在循规蹈矩与墨守成规的阶段也只会逗留很短时间；有的老师很晚才能达到胸有成竹的阶段，没有几年却又坠入墨守成规的泥淖中。而我给自己定下的目标是，用半年的时间做到行不苟合，剩下半年的时间做到胸有成竹。

刘老师觉得，一个教师最核心的素养便是他的人格魅力。言传身教的时候，最吸引你的学生的地方，最让你的学生愿意效仿的地方，最能让学生发现自身不足的地方，这些都会促使学生培养完善的人格。英语词汇课上，我喜欢从一个单词出发，给学生延伸出一些大学英语专业课上的知识，以吸引他们的兴趣。比如讲到 assembly 这个词的时候，我会跟学生讲 assembly line（装配线），然后延伸到 Fordism（福特主义），接着是福特主义的三大典型特征：market-oriented（以市场为导向），division of labour and professionalization（分工和专业化），lower price（低廉的价格）。正是因为专业化的装配线的出现，才出现了 mass production（规模化生产），the standardization of the product（标准化产品）。而亨利·福特最大的历史贡献在于将复杂的工作分解成了简单的任务，一个工人每天的工作可能就是安装一个部件或者拧螺丝，这也使得工作效率和工资水平有了明显提高。然而，人长期从事这样重复性的工作，犹如一个机器的部件，但人不是没有情感的机器，于是人们的内心和精神就变得碎片化（fragmentation），就有了与社会疏离的感觉（alienation）。

于是，十九世纪末和二十世纪初的文学作品也能体现出工业革命对人们精神的冲击与深刻影响。这个时候，我便会向学生推荐一些书籍，比如欧·亨利的短篇小说集，菲茨杰拉德的《了不起的盖茨比》等。每当讲到这些东西的时候，他们都会听得很入神。而我希望开拓一下学生的知识面，让他们意识到，还有很多有趣的东西，正等待着他们去探索。

正如刘老师说的："许多时候，要善于将灵机一动付诸实践。"课上我常常将文章、阅读材料和作业中的部分内容做一个延伸，以期望启发学生，引导学生，逐步掌握探索钻研的能力和独立自主的能力。我以为，这就是我心中的"授人以渔"的教育方式。

2018 年 11 月 24 日

去信，可收悉？

A Letter to My Dear Class Five
一封写给高二（5）班的信

有一天，去给学生上课，一个英语薄弱的男生跟我请假，说要去以前的班级做个演讲。他启发了我，于是我便准备了这个英文演讲……

暑期的课还剩下一周的时候，高二（2）班的英语老师出差归来，但我又开始帮另一位老师带高二（5）班的英语课。那位老师身体抱恙，且孩子尚小，中间几番波折，原本早该还给她的高二（5）班竟转眼间带了近半个学期，英语必修5的课程也已接近尾声。说好2018年10月26号这天之后，从下一周我就不再带这个班级的英语课了。于是我提前一周写了这篇英文演讲稿，花了三四个小时，尽量用了一些近半个学期以来学过的单词，加粗的那些便是。每当我看到一个个单词短语，一段段回忆就又浮现眼前。

之后花了几个晚上修改、润色，才有了现在的样子。这算是临别之际的嘱托与叮咛，也是人生的告诫，更是初为人师的我与和我相处最久的学生们的心灵的交流。

———写在前面的话

Hello, everybody!

大家好!

I have something to tell you, even if I am not willing to mention that. Previously, I have said many times goodbye to you; but maybe because of our destiny that ties you and me together, we didn't break up then. **Nevertheless**, this time I have got to say goodbye formally. From next week, I won't teach you English any longer. On the one hand, I feel sorry that I can't continue teaching you; on the other hand, I feel so lucky that I have spent about two and a half months learning English with you. I feel so lucky that I ever taught such many **diligent** and talented and lovely students. I feel so lucky that I have made so many friends here.

我有些话想跟你们说说，即便我并不愿意提起它。先前，我已经跟你们告别过好几次了，但是或许因为缘分把我们联系在了一起，我们那时候并没有分别。但这一次，我不得不正式地跟你们说再见了。从下周开始，我将不再给你们班上英语课了。一方面，很抱歉我不能继续教你们。另一方面，我感到很幸运，在过去的两个半月里，我和你们一起学习英语；我感到很幸运，我曾教过如此勤勉、聪慧、可爱的学生；我感到很幸运，我在这儿结识了那么多朋友。

I still remember that class on the afternoon of October 12, when you just finished your monthly examination so that you got very much excited and thrilled. I said, "Cherish every day that we can spend together." Looking back upon these days, I want to say thanks for your recognition for me and for your cooperation to my classes. I am glad that you are making great progress, and please believe that "Practice makes perfect". On the way to success, it will never be easy or **light-hearted**, just like a cloze we did before. A world with the rotation of eating and sleeping but without working is not the Heaven but the Hell.

我依然记得十月十二日下午的那节课，当你们参加完月考之后，每个人都很兴奋。我跟你们说，"珍惜我们可以一起度过的每一天吧！"回望这些天，我想说谢谢，谢谢你们对我的认可，谢谢你们课堂上的配合。我很高兴，你们正在取得巨大的进步，也请你们相信熟能生巧。成功之路从来都不容易或者轻松，就像咱们之前做的一道完形填空题：一个只有吃喝、睡觉而没有工作的世界，不是天堂，而是地狱。

Several days earlier, when I was correcting your dictations, I couldn't help correcting all the mistakes you made, because I knew that I wouldn't have that many opportunities to teach you English, to stay with you, and to chat with you. Having got through these days, I tried to remember all your names. Sometimes, I could even guess out whom the exercise book belonged to without turning over to see the name on the front

cover. At this moment, what makes me happy is that many of you, perhaps not interested in or good at English, are making changes, coming to realize the truth, and making progress step by step.

几天前，当我在批改你们的听写本的时候，我忍不住纠正你们犯的每一个错误，因为我知道，我没有多少机会再教你们英语了，再和你们待在一起了，再和你们畅谈了。经历过这么多天，我努力地记住你们每个人的名字。有时候，我甚至不用翻到第一页看名字，就能猜出来这个练习册是谁的。每当这个时候，令我高兴的是，你们中很多人，或许对英语不感兴趣或者不擅长，却都在做出改变，都开始意识到现实状况，都在一点点地取得进步。

I have some words to tell you, or to say, to warn you of something.

我有些话想告诉你们，或者说想告诫你们。

Initially, be an **individual** with a goal.

首先，做一个有目标的人。

Someone once said, "Set a goal, achieve the goal, to set new goals. This is the fastest way to success." As the King of Steel of the USA, Andrew Carnegie said, "If you want to be happy, set a goal that commands your thoughts, liberates your energy, and inspires your hopes." I ever told you that I wasn't a best student on my school years, but I chose to compare with the best students in every subject, learning from them, asking them, and eventually surpassing them. In the gradual process, you can **maximize** your full potential.

有人说："设定目标，实现它，再设定新的目标，这是成功的捷径。"美国钢铁大王安德鲁·卡内基曾说："如果你想要快乐，设定一个可以领导你想法、释放你精力并鼓舞你愿望的目标。"我曾给你们说过，我上学的时候，并非最好的学生，但是我选择在每个学科上都跟最好的学生做对比，向他们请教，询问他们，最终超越他们。在这个渐进的过程中，你可以挖掘出你最大的潜能。

Subsequently, be surefooted.

其次，脚踏实地。

It means that you should always seriously treat your studies and stop **counting** on luck. Firmly believe that your efforts will pay off. Of course, the closer you get to your target, the more difficult to increase. In this sense, to be surefooted means that you should always depend on yourselves. When we were dictating the vocabulary, I knew that some of you used to **whisper** to your desk mates so as to get a higher mark, which I was unwilling to expose. However, you can rely on no one in the College Entrance Examination. You may wonder, "Hey, teacher, I have friends, classmates, and parents, who can assist me in many ways." Yes, you have. I don't deny that, but I have to question you, "Can you depend on them forever and ever?" The answer is absolutely "No, you can't." Thus, what I am trying to **convince** you of is that in your senior high school years, you should learn to be independent gradually. I never **command** you to rely on yourselves immediately, because you are **accumulating** knowledge and you have the **assistance** from your teachers and classmates. Importantly, you must analyze your situations and find your strengths and weaknesses. For those you can settle by yourselves, or you need to spend some time thinking out, you rely on yourselves. For those beyond your abilities, you must make up your mind to solve them in no matter what kinds of ways.

这意味着你们应该严肃地对待你们的学业，不要指望好运气。你们要坚信，付出一定会有回报。当然，你离你的目标越近，情况就会变得越难。从这个意义上说，脚踏实地意味着你应该依靠自己。听写单词的时候，我知道你们中有些人为了拿高分，常常跟同桌窃窃私语，这也是我不愿意挑明的。然而，高考的时候，你们谁都依靠不了。你可能会问："老师，我有很多朋友，同学，还有爸爸妈妈，他们在很多方面都可以帮我。"是的，的确，我不否认这一点，但是我不得不质疑你："你能永远依靠他们吗？"答案是"当然不能"。所以，我想让你们信服的是，在你们的高中岁月里，你们应该学着逐渐变得独立。我并不是命令你，要你立刻完全依靠自己，毕竟你们正在积累知识，你们还有老师和同学的帮助。重要的是，你们必须要分析你们各自的情况，发现自己的优势和弱势。对于那些可以独自解决的，或者需要花点时间才能想出来的，你们要依靠自己。对于那些超出你们能力的，要下定决心解决它们，不管采用什么办法。

Additionally, ponder diligently.

此外，要勤于深思。

You should constantly spend time thinking carefully and seriously about a problem, a difficult question, or something that has happened to you. To reflect on the past can help you become much more thoughtful and **insightful**. Aristotle once said that the ultimate value of life **consists in** awakening and the ability to think, not merely in the **existence**. You may be born in a good family without worrying about your eating and drinking. Even in the future, you don't need to make efforts, but you can still lead a comfortable life. Right now you have already known what your future life will be like: lying in a sunny day with a little breeze, you drink a bottle of beer for your enjoyment. Is that a lifetime you want? Many of you even have no access to go through all your **alternatives** but give up many possibilities you would have reached. Will you feel pitiful when looking back to your own lives, only to see something unsatisfying? Will you feel it worth living in that meaningless way?

　　你们应该经常花点时间认真严肃地思考一件难事，一道难题或者发生在你们身上的事。反思过去可以帮助你们变得更加思虑周全且富有洞察力。亚里士多德曾说，人生最终的价值在于觉醒和思考的能力，而不只在于生存。你可能出生在一个家境优渥的家庭，不用担心你的吃喝。甚至在未来，你也不必太过努力，依然可以过着无忧无虑的生活。现在，你就已经能想到你未来的生活是什么模样了：躺在日光下，吹着小风，喝着小酒，享受余生。难道这就是你想要的生活吗？你们中很多人甚至还没有尝试过各种选择，就已经放弃了你们原本可以达到的可能。当你回首往事的时候，看到一事无成，不知你是否会感到遗憾？你觉得过着这样没有意义的生活，值得吗？

Furthermore, be strong-minded and keep a positive mindset.

还有，要坚强并保持良好的心态。

Do you feel that the College Entrance Examination is only to test the knowledge you have a command of during the three years? Of course not, it will check out your knowledge; **simultaneously**, it can reflect your mental state. That is to say, each test before the Examination, no matter how high or how low the score is, should be treated seriously. What you need to grasp for every subject is not fixed or settled, so you must try to master the knowledge you meet in and out of class as far as possible. In this way, you may very well deal with the various questions in the final Examination, but some of you didn't behave like this recently. When you are in good mood or have spare time, your word dictations can get more than 90 grades, whereas, when you are in bad mood or busy with the other **curricula**, your marks turn to be 60 or 70, or even lower. Why do you give yourselves such low requirements now that you have the ability? Why not be a high-demanding person if you have the potential? Here are two questions I leave to you to consider.

你们觉得高考只是测试你们掌握的知识吗？当然不是，它会检验你们的知识，同时它还能反映出你们的心理状态。也就是说，高考前的每一场考试，无论你取得高分还是低分，都应该被认真对待。对于每一门学科，你需要掌握的内容并不是固定或者一成不变的，所以你要尽可能努力掌握课堂内外的知识。这样你才能在最后的高考中应对好多元化的问题，但是最近你们中一些人的表现并非如此。心情好的时候，或者有时间的时候，你们的听写成绩都在九十分以上，然而心情不好的时候，或者忙于其他课程的时候，你们的分数只有六七十，甚至更低。既然你们有能力，为什么要给自己设定这么低的标准呢？如果你们有这份潜力，为什么不做一个高要求的人？这是我留给你们思考的两个问题。

Moreover, be **optimistic** and set a great **expectation** for yourself.

还有要乐观向上，给自己多一些美好的期待。

You need to **motivate** yourself constantly. Your **anticipation** is able to drive you forward to a higher and further **destination**. People often call it "Psychological Effect", but it surely works. So what is your anticipation, an average college or a dream one? Here I beg you, please make it higher and higher, and maybe you can achieve what goes beyond your anticipation.

你们要时常激励自己。你们的预期能够驱使你们不断向前，到达一个更高更远的目的地。人们常称之为心理作用，但是这真的很管用。那么，你们的预期是什么呢，一所普通的大学还是一所梦想的学府？在这里，我请你们将预期抬高一些，或许你们的成就会超出你们的预期。

Eventually, unleash your potential.

最后，要释放出你们的潜能。

I have to admit that you have great potentials in many subjects. The question is that you haven't completely unleashed your potentials yet. To realize that goal, you are supposed to study different subjects in different but clever methods. Don't average your time on your subjects, which is definitely a stupid way, as the significance and your level **vary** from subject to subject. Lastly, what I want to stress is to stick to your good learning habits and acquire some new ones. Make the best of your notebook, error-correction notebook, and the teaching materials.

我不得不承认，你们在很多学科上都很有潜力。问题在于，你们还没有完全释放出来。为了实现这个目标，你们应该用不同且聪明的方法学习不同的学科。不要平均用力，这绝对是一种愚蠢的方式，因为每一门学科的重要意义不同，你们的水平也不尽相同。最后我还想强调的是，坚持好的学习习惯，并努力培养出更多好的习惯。充分利用你们的笔记本、改错本以及教材。

I hope that all your dreams will come true in more than one and a half years, you standing in the front gate of your dream university and saying to yourself deep in your heart, "This is a university I want to attend, this is a lifetime I want to experience, and this is my dream that I have spent three years **endeavoring** for and been looking forward to achieving all the time with my whole heart."

我希望在一年半之后，你们每个人都能实现梦想，站在你们梦想的大学门前，发自内心地告诉自己："这就是我想上的大学，这就是我想经历的人生，这就是我花费了三年光阴努力奋斗，一直期盼着实现的梦想！"

If you ask me why we have got to make such **struggles** and make ourselves tired or even **exhausted**, I would like to tell you, "Go and find by yourselves in the future！" That's all, thanks for your listening！

如果你们有人问我，为什么我们要这么拼，让自己这样筋疲力尽，我会告诉你，"去吧！自己去寻找答案吧，它就在不远的未来等着你呢！"

剩下的那 5 天时间，我一天天地倒数。想着告别的样子，那位老师之前说了几次回来，但都没有回来。我跟学生说了再见，但往往第二天又见了面。想着，这次是彻底没有余地了，索性只告诉了课代表，还让她保密。到告别前一天的下午，教务主任和备课组长通知我，"你不调换班级了，继续带高二（5）班吧！"

我又激动又忐忑，很高兴不用半途离开，又觉得半路抢了那位老师的班级，心中多少有些过意不去。好在后来跟那位老师沟通后，她很理解学校的安排，我这才长舒了一口气。

演讲结束的时候，班里几个英语还不错的学生，似乎还没有反应过来，对我突然的告别一脸茫然。似乎因为之前的经历，我的告别有些玩笑意味。然而，我来了个十万八千里的转折，"其实，这个演讲已经名不副实了！昨天我接到通知，我还要继续带你们，只是想到讲稿中的一些话，还是忍不住想要告诉你们。"班里哄然一片，看到一两个女孩泪水盈满了眼眶，一瞬间我的心里顿觉温润极了。

最后，祝愿我的学生们实现各自的梦想，勇敢地飞翔，成为梦中勾勒的样子。也希望我们都不负这一年时光，陪伴彼此，共同进步！

——后记

2018 年 10 月 28 日

写完这篇演讲稿后，我把它发在了自己的微信公众号里。本科时候的一个同学毕业之后去了宁夏当选调生，他把那条推送转发到了微信朋友圈。第二天，微信提示收到一笔 100 元的赞赏，那个赞赏者姓陈，我猜可能是那个同学的爸爸。我问他，他爸为什么要赞赏？他说，他爸觉得，现在这样充满情怀的支教很可贵，难得这么真挚用心。听见这样的评价，我心中满怀感激，想想未来的路，只有始终秉持这颗富有情怀的心灵，才不会辜负身边的人，不会辜负自己的年华吧！

A Letter to One of My Students（1）
写给一个学生的信（1）

有一天，有个很腼腆的小姑娘到办公室找我。简单地沟通了几句，她递给了我一封信，便匆匆离开了。原来，她最近学习状态很不好，成绩也有下降，一时不知所措，所以便向我求助。那天晚上，我便在办公室里加班加点地给她写了一封全英文的回信。

——写在前面的话

I am sorry to hear you are recently in such an awful condition that depression and some other negative emotions have been perplexing you. Yet, do you know that your negative emotions and feelings in some sense reflect the actual reality? So ask yourself and carefully think about your recent situation when alone: How did you get to this?

我感到很抱歉听到你说，你最近的情况有些糟糕，沮丧还有一些别的消极的情绪在你身上蔓延。然而，你知道吗？这些消极的情绪和感受某种意义上也能反映出你的现实情况。所以独自一人的时候，问问自己，认真想想你的近况：为什么会变成这样？

In your letter, you mentioned that you seemed like a

procrastinator. Undeniably, if one becomes accustomed to postponing work, especially out of laziness or habitual carelessness, then he or she can never finish a task in an excellent manner, let alone in a highly efficient or innovative way. Of course, I surely believe you should not be this kind of person. Conversely, what on earth are your personalities and individualities?

在你的信中，你提到你觉得自己似乎是一个做事拖拉磨蹭的人。不可否认的是，如果一个人习惯了拖延工作，尤其是出于懒惰和习惯性的粗心，那么他/她便不能出色地完成一项任务，更不要说用一种高效或者创新的途径了。当然，我确信你不应该是这样的人。相反，你的性格和个性到底是什么样的呢？

Actually, negative emotions are a key part of rational thought and effective performance. That is, when you are in troubles, you will try out all approaches available to struggle to your feet. From this respect, this kind of unsatisfying stuff is a double-edged sword, at least making you aware of the urgency of getting back to the right path and further making progress. Nevertheless, it is in the long run that you will suffer a lot from the low-spirited mood, which as well constrains your future development.

事实上，消极的情感是理性思考和高效行动的关键组成部分。也就是说，当你深陷在困难中，你会尝试一切可行的办法，企图重新站起来。从这个角度来说，这种令人不那么满意的东西是一把双刃剑，至少能让你意识到重归正轨、继续进步的紧迫性。然而，从长期来看，这样低迷的情绪对你没有好处，甚至还会阻碍你未来的发展。

I have an idea possibly helpful to you. Use your journal to acknowledge and then leave behind all negative emotions you may be experiencing in your studies. You know what? I used to keep a diary when I was still a senior high school student as you. In daily life, it is likely to meet with many different kinds of puzzles on study, kinship, affection, socializing, and so on. Because of the lack of experience and being immature, we will be easily stuck in bewilderment. It is a natural but vital process, the effect of which, either positive or negative, largely depends on you.

我有个主意，或许对你有帮助。在你的日记中，接受、承认并放下那些学业中正经历的消极情感。你知道吗？当我像你一样，还是个高中生的时候，我也常常写日记。日常生活中，我们可能会遇见各种各样的困惑，有关于学习的，关于亲情的，关于情感的，关于社交的，等等。因为缺乏经验，还不够成熟，我们很容易陷在困惑之中。这是个很正常并且重要的过程，它的影响，不论好坏，在很大程度上都取决于你自己。

Tell you a secret! At the end of the fourth semester of my senior high school years, I fell in love with a girl. She was beautiful and intelligent and outgoing. At first, we were shy to express ourselves, but the little beautiful love tied us together. Later on, we often quarreled about trifles, as you know, just something considered to have little value or significance. She complained about my ignorance to her and my normal relationships with other girls. As a consequence, our studies were severely affected. After all, we were once ranked the top two on the list. After one month of "Cold War", we figured out a solution, which merely suited us and our relationship. As is known, affection is so complex that anyone cannot explain it clearly. Importantly, do not drag yourself into the whirlpool of emotion. At this moment, looking back to my senior high school years, I cannot help laughing at my naivete and sentiment. But that's it, no matter I like it or not, it is impossible to change that as an essential step to be more and more mature.

告诉你一个秘密，在我高二下学期的时候，我爱上了一个女孩。她很漂亮，很聪明，还很外向。起初，我们羞于表达，但这种美好的小爱情将我们系在了一起。后来，我们常常为琐事争吵，你知道的，就那种无足轻重的事儿。她抱怨我忽视她，抱怨我跟其他女生的正常往来。结果，我们的学习受到了极大的影响。毕竟我们俩以前排在年级前两名的位置。经过一个月的"冷战"，我们找到了一个解决办法，但是这个办法仅仅适合我们的关系。众所周知，情感太复杂了，没有人可以解释清楚。重要的是，不要把自己拖入情感的旋涡。此刻，当我回顾我的高中三年，我还是禁不住笑话自己的幼稚和多愁善感。但它就那样了，无论我喜欢与否，都不可能改变，它是不可或缺的一步，让我变得越来越成熟。

The reason why I share this with you is that, personally

speaking, you might come across something like this or sort of. Is that true? No matter what happened, it is not acceptable and advisable for you to let something trivial hinder the very main task—STUDY. An effective approach for me at that time was indifference to those annoying things, but wholeheartedness to those that count. That was why I could tap my potential as fully as possible. By the way, I wonder whether or not you have tried your utmost to be the best of yourself. Do you feel it is a big regret not to realize the goal that you would have been able to reach? You may sigh by then, "What a pity!"

我跟你讲这些的原因就是，我个人认为，你可能也遇到了类似的情况，对吗？无论发生了什么，让那些微不足道的事阻碍你的主要任务——学习，是不可取的，也是不明智的。对于那个时候的我来说，最有效的办法就是，对那些糟心的事儿漠不关心，对那些重要的事全神贯注。这就是为什么我可以尽可能地挖掘自己的潜能。顺便说一下，我想知道，你有没有尽自己的全力，去成为最好的自己。你觉得，如果你没有实现那些你本来能实现的目标，是不是一种很大的遗憾呢？到那时，你可能会叹气，"真遗憾啊！"

Fortunately, it is still not late for you to cheer up, to refresh, and to move on to the new goal. I will witness your progress at each milestone and applaud for you. You may occasionally get tired, but don't mind and take a short break, and just tell yourself, "Hey! Don't give up, believe in yourself, and you can make it!" You should memorize and constantly remind yourself that you are doing a spectacular thing, which is creating your personal history. Provided that you missed the opportunity, you would never buy this period of precious time. Hey, it is adolescence, you know? It is an age when you still get pimples. What a beautiful age everyone who has got past it admires!

　　幸运的是，此刻对你来说，振作起来，朝着目标继续前行，为时不晚。我会在每个里程碑处见证你的进步，为你欢呼呐喊。也许你有时会感到疲惫，不要介意，休息一会儿，告诉你自己："嘿！不要放弃，相信自己，你一定可以的！"你要记住，并且常常提醒自己，你在做一件特别的事情，你在开创属于自己的历史。如果你错过这个机会，你将永远没有办法买到这段宝贵的时光。你知道吗，这可是你的青春，这是一个还会长青春痘的年纪。对那些青春已逝的人来说，这是多么值得羡慕的年龄啊！

Surely, only being aware of the problem is far from enough. What you should do is that, with your high spirits and enthusiasm, you go to review what you have learned in the past month and solve the confusing questions of all curricula one by one, especially physics, chemistry, biology, and mathematics. Furthermore, you should spare some time to develop one or two subjects to the best. All these things may be disrupted by others, but you need to make your efforts to carry out the plan, even if it is not that perfect. It's fine. In the gradual process, you can accumulate more and more experience, which some day will enable you to easily handle a task, even a huge project.

当然，只是意识到问题还远远不够。你应该做的是，用你的昂扬斗志和热情，去复习过去一个月学过的内容，一个学科一个学科地解决那些困惑的题目，尤其是物理、化学、生物和数学。此外，你应该挤出时间，将一两个学科学到顶尖水平。这一切都有可能会被别人搅扰，但是你需要努力实施计划，即使做得并不那么完美，没有关系。在这个渐进的过程中，你可以积累更多经验，有一天，这些经验将赋予你出众的能力，让你能轻易地完成一项任务，甚至一个大课题。

Here are three tips. Initially, adjust the state of learning to guarantee the efficiency. You may choose to take a long, long sleep in weekends or watch an old movie to relax. Subsequently, ask some excellent students, who are good at some subjects, to borrow some useful learning methods and gradually summarize one suitable for you. Eventually, honestly, time management is not easy. You should set a certain of time for one thing, for example, finishing an English reading within six to seven minutes or finishing a piece of math paper within one hundred minutes. The urgency will make you have the concept of time. All in all, the Exam is to test your proficiency rather than solving out a question with one or two hours, right?

我还有三个小建议，第一要调整学习状态，以此保证效率。你可以选择在周末睡个懒觉，或者看个老电影放松。其次，向一些擅长某个科目的优秀学生请教，借鉴一些有用的学习方法，逐渐总结出适用于你的方法。最后，老实说，时间管理真的不是一件容易的事儿。你应该让自己在一段时间内专注于一件事，比如六到七分钟内完成一篇英语阅读，一百分钟内做完一套数学卷子。这种紧迫感会让你有时间概念。总之，高考是为了检验你的熟练程度，而不是花上一两个小时，只做出一道题，对吗？

That's all! Hope that you can find yourself as quickly as you can. The final exam of this semester is approaching. I look forward to your GREAT progress! ALWAYS!

好了，希望你能尽快找回自我。这学期的期末考试就要到了。我希望你可以取得较大的进步，一直期待着！

2019 年 1 月 3 日 23:52

致学生的一封信

亲爱的 2020 届（5）班的全体学生：

你们好！我是你们的英语老师吕金全，从 2018 年的暑假相遇到现在，眨眼间，我们已经共同度过了一个学期的时间。感叹时光飞逝，也沉浸在过往的回忆之中。

还记得初次见面的时候吗？第一次作为代课老师给你们上课，我对你们毫无了解，但你们的热情、活泼、开朗深深点燃了我。每一次给你们上课的时候，我都充满了力量，似乎从来不曾觉得疲惫，这是初为人师的最大的幸福。谢谢你们，让我这半年不长的时光充满了精彩，变得更加难忘！随着逐渐深入了解，我发现你们当中的很多人的英语基础十分薄弱，语法知识堪忧，词汇量也相对较小，而这些无疑是英语学习的拦路虎。因为机缘巧合，我成了你们的正式老师，从那一天开始，我就想尽一切办法，帮助你们积累词汇，弥补基础的语法，培养你们学习英语的兴趣。我知道，这是一个漫长而困难的过程，但此刻我想恭喜你们，你们大多数人都选择了坚持，选择了改变。抱残守缺，因循守旧，看起来似乎毫无痛楚，但也永远不会改变与突破。成长的路上，谁不经历几次蜕变呢？愿你们能永葆活力，勇于改变现状，实现更多的成就。

我们在彼此的熟识当中逐渐培养出默契，培养出我们共同的学习习惯与学习方式。为了实现更好的效果，真正做到因材施教，我们试验过分层教学，为学有余力的学生讲解额外的试卷，让基础薄弱的学生重新默写学过的单词等。回顾这半年，我们更深刻地理解了非谓语动词，摒弃了无所谓的态度；我们开始见识了独立主格结构，在听写的时候也变得更加独立；我们系统讲解了强调句，也一遍遍强调高级词汇、高级短语与高级句型等等。这些都是我们努力的结果，但还远远不够，高考要求的还有更多的东西，所以下学期愿你们都能重新起航，高歌猛进。

我常常跟你们提及"反思"这个词汇，因为一个懂得反思的人，他才更能发现自己的问题与缺点，才会有意识、有紧迫感，去寻求解决的办法。你们当中还有相当一部分人，在日常学习中没有按照老师的要求完成基本的任务。懒惰是你们的通病，以为少背一两个单元的单词是赚了，有的人背三次单词，休息两次，甚至更长时间。你们本有更多的可能，但为什么不逼自己一次？试一试，一个月每一次听写90分以上；试一试，两个月每次作业自己认真独立完成；试一试，一学期每节课都保持全神贯注。习惯是养成的，好的习惯会让你变得更好，坏的也会让你变得更坏。坚持下去，相信你们一定会令自己吃惊。

学会思考。学习这件事难在综合考查上，因而你必须要培养你的综合能力。每一道题，每一种句型，每一个语法，每一个学科都需要不同的思考。同样的时间，善于思考的人会取得更大的进步与提高。追根问底的态度对现阶段的你们很重要，所以如果你不懂，如果你疑惑，那就勤于请教。坚持不懈，这便会成为你实现突破的秘诀。

期末考试是对这学期的学习情况的一次综合考核，全班平均分93.06分，位列同层次班级第一名，比另外两个班分别高出5分、7分。6人英语成绩在110分以上，12人在100－110

分，9 人在 90－100 分，20 人在 90 分以下，总体情况尚不令人满意，进步空间巨大。虽然如此，有一些方面还是值得肯定的，比如这一次很多人的作文都得了 20 多分，班级平均分达到 18.23 分，高出年级平均分 2 分。我们努力下功夫的地方——改错与语法填空，因为你们很多人丢失了专项练习试卷，没有认真对待，所以并未成功实现突破，依然是丢分项。改错班级平均分 3.47 分，高出年级平均分 1 分；语法填空平均分 7 分，高出年级平均分 1.5 分。

然而，无论好坏，这都终将成为过去，只要高考还未到来，努力就为时不晚，你们就依然还有机会去争取不一样的未来。

2019 年的新年即将到来，在新的一年里，愿你们长成更好的自己！

致我亲爱的高二（5）班全体学生

阿勒泰地区第二高级中学英语教师

南开大学第 20 届研究生支教团团员

2019 年 1 月 22 日

A Letter to One of My Students (2)
写给一个学生的信 (2)

（这又是一封全英文的信，算是和我的学生最后的道别!）

I am delighted with my unexpected good fortune, or even overjoyed to meet you all. I slowly read the "journey" letter you wrote to me, and I was very touched. You, like me, are a sentimental person who often pours out the feelings with beautiful words. As a gentleman, I thought it necessary to write back to you.

我无比高兴，这些意料之外的好运让我们遇见了你们。我慢慢地读完了你写给我的那封如一场旅程的信，我很感动。你和我一样，都是多愁善感的人，经常会用美妙的文字来宣泄内心的情感。作为礼数，我觉得有必要给你写封回信。

I remembered the moments of your careful listening to my English class. Thank you for your recognition of my teaching methods and my pronunciation, and your admiration. I felt extremely happy to have such listeners as you. You know, a lonely writer is eager to get understood by his/her readers, although some writers do not care about the readers at all. Obviously, I belong to the former. I remembered when I recited my original poems to you in class, sharing my personal experiences and stories, you were steeped in the interaction. With the hope that you can complete yourself in individuality, I told you to learn independent thinking, critical thinking, and logic thinking, which are absolutely vital in all aspects of your life. From you, I learned to be much more patient than before while teaching. Besides, I should always look upon my students by a developmental view. I am your teacher, and you my teacher as well.

　　我还记得，你在我的英语课上认真听讲的那些场景。谢谢你对我的教学方法以及发音的认可和赞扬。我很开心能有你们这样的聆听者。你知道的，一个孤独的作家总是渴望被他/她的读者理解，尽管有些作家完全不在乎读者。显然，我属于前者。我记得，当我在你们班里诵读我写的诗歌，分享我的个人经历和故事时，你很专注于我们之间的互动。我希望，你可以完善你的个性，我告诉过你，要学会独立思考、批判性思维与逻辑思维，这些在你人生中的各个时段都极其重要。在教学中，我从你们身上学到了前所未有的耐心。此外，我还应该始终用发展的眼光看待我的学生。我是你们的老师，你们也是我的老师。

　　I am sorry to make you cry about the "false" farewell. On that morning, I was informed to continue taking the class five. The moment I heard the news, I also got excited deep in my heart because I told you many times that I would leave away. Actually, I have already made full preparations to part from you. The evidence was that letter and that speech as mentioned in your letter.

　　对于之前的告别，我很抱歉，我也不想你们哭泣。那天，我也是接到突然的通知，要我继续教你们班。听到这个消息的那一刻，我心底也十分激动，因为我都已经跟你们说过很多次，临时的代课要结束了，我不教你们了。事实上，我已经做好了充足的准备，跟你们告别。那封信和那次告别演讲就是证据。

Definitely, "Life was like a box of chocolates. You never know what you're going to get." The destiny tied us together for a whole year. Many past memories sometimes come back clearly to me. I remembered that piece of my WeChat Moments, and I said "Very nice, my dear students". Referring to that English letter, I thought you may be able to understand it easily. Simultaneously, it is a good opportunity for you to study some expressions and promote your English level further. About love, we have to face it in a right way. It is a way that everyone needs to pass, on which we are forced or active to be more mature and to grow up. What life teaches you is worth being cherished forever. That is in-person experience which will direct you in the future, especially when you are trapped in puzzlement.

就像那句话，"生活就像一盒巧克力，你永远不知道你会得到什么"。这一年，缘分将我们联系在了一起。有时候，许多过去的记忆还会清晰浮现在眼前。我记得我发的那条朋友圈，我说："好极了，我亲爱的学生。"提起我之前给你写的那封信，我觉得，你应该可以理解它。同时，这也是一个好机会，学习一些英语表达，进一步提升你的英语水平。关于爱，我们必须要用正确的方式对待它。这是每个人都要走过的道路，在途中，我们或被迫或主动地变得成熟，学着长大。生活教给你的东西值得永远珍藏。这样的亲身体验会在未来指引着你，尤其是当你陷入迷茫的时候。

Facing the decision, hopefully you can get more inner-directed and strong-minded. Whether it is right or wrong, you have already grown up to bear the responsibility and any possible results. Choosing arts or science is just a small obstacle. You will meet with much more difficulties ahead. Every pair of wings are initially too weak to resist a breeze. But in strong winds, they get stronger and stronger. Wish that you can fight against your winds, and someday show us your beautiful wings.

面对抉择，我希望你可以听从你的内心，保持强大的内心。无论正确与否，你已经长大了，可以承担责任以及任何可能的后果了。选择文科还是理科只是一个小小的挫折。你以后还会遇到更多更大的困难。每一双翅膀开始的时候都太脆弱而无法抵御微风。但在强风中，它们才会变得越来越坚强。祝愿你可以战胜强风，有一天亮出你那双美丽的翅膀。

I like the simile so much that you compare my 24th birthday to a mango-flavor year. I have been learning to be energetic all the time and full of vigor and vitality like a Euphrates poplar that symbolizes the resilience of the Chinese nation. Through my efforts, I hope to have a positive influence on my students, including poetry. Feeling beauty is an ability which can escort us to memorize and take down the most beautiful moments.

我很喜欢那个比喻，你把我的 24 岁比作杧果味的一年。我一直学着保持活力，像胡杨那样充满生机，因为胡杨象征着我们中华民族的坚毅与自强。通过我的努力，我希望对我的学生产生积极的影响，包括诗歌的熏陶。感受美是一种能力，它可以伴随我们去铭记并记下那些美好的时刻。

No missing to the old person in the old nation.

An attempt of the new tea above the new fire,

While young, why not sit down, drinking and poem-writing?

休对故人思故国，且将新火试新茶，诗酒趁年华。

Frank LV

June 12，2019

吕金全

2019 年 6 月 12 日

不尽的诗，不尽的意

走过四季

——谨以此致敬阿勒泰地区二中与南开大学 17 年的
深情厚谊以及 193 名南开二中人

秋 天

还记得吗？
我们曾与可爱的你们在绿茵场上训练
我们曾见证你们变得坚强，变得果敢
我们的脑海里定格着你们一张张笑脸
我们给过你们掌声，也曾为你们赞叹
我们一同走过 18 千米，长路漫漫
忘不了的是你们的笑颜，彼此的陪伴
我还记得你第一堂课上的炯炯双眼

我还记得自己初为人师的心动砰然
请允许我叫你们一声：我亲爱的学生
我在六十年校庆的红毯上听过你们的欢呼
我看过你们在舞台上如花儿般鲜艳
在一次次月考的磨炼中，你们华丽蜕变

冬　天

慢慢地，我们爱上了这童话般的世界
不光因为它有漫天白雪装点
还有一群可爱的学生，把眼瞪得又大又圆
渴望着知识，渴望着未来，渴望着改变
我们滑过将军山，我们滑过那龙潭
还把关爱与温暖撒到了新奇的火车站
新年的脚步正慢慢临近
近半年的陪伴为我们之间
平添了亲切，减少了距离感
在期末的考场上，更在学习的征途上
我祝福你，祝福你们珍惜韶华，一往无前

春　天

当春风吹拂过渤海的沿岸
当我们的南开园人头动攒
我们可胜那春风
度过玉门关，度过皑皑天山
再来这克兰的河畔
看万物复苏，看千百学子奋勇争先

因为一句话，我们相聚有缘

用一年不长的时间，做一件终生难忘的事

为我们共同的成长，为我们共同的诺言

在你们逐梦的路上，我们愿做高扬的风帆

我们愿做中途的驿站

所以我亲爱的学子们

打起精神来吧！去追寻你们的彼岸！

夏　天

我知道，我还会看见你们纵情奔跑

运动赛场上，青春洋溢，热情呐喊

我知道，我还能看见你们羽翼丰满

面对着六月的考验，平和沉稳，自信果断

我知道，那时候的你们

已有自己的一片蓝天

待到那个时候，我们也将挥手分散

就这样，秋冬春夏，四季交替

就这样南开与二中携手走过十七年

但在每一个南开支教人的记忆深处

都永远珍藏着对二中的眷恋

待到下一个秋天

我们又会相遇

又会开创一段崭新的不凡！

2019 年 1 月 1 日

为阿勒泰地区二中元旦文艺汇演所作

与一个诗歌初学者的谈话

2019 年 4 月 2 日，星期二，晚上十点，办公室里只有我一个人，周日下午的"东方杏坛"系列讲座轮到我了，所以把自己关在办公室里整理思路。我准备讲"从爱国诗人到创意写作"，但是冗杂的素材让我脑子里一片凌乱。虽然一直在刻意地提升自己的逻辑思维，但我对自己目前的水平并不满意。

突然传来几声当当当的敲门声，一个女生很恭敬地走了进来。还未等站住脚，便说道："老师，我想学写现代诗。"

这个小姑娘是我负责的校报社——《二中部落》的学生记者，她叫周丽爽。第一篇人物采访的稿件就让我眼前一亮，看得出她是一个有些文字功底的学生，当然更是个追求上进、孜孜以求的人。她很像高中时期的我，只是我当时比她腼腆许多，也难鼓起勇气去向一个并不教授自己课程的老师请教。毕竟，我们之间也不过见过几次面，开过两个社团的会，算不上十分熟悉。不过，我倒是十分欣赏她的勇气，相较我的高中时代，现今社会对人的要求又高了许多，如果不能很快与人熟识起来，哪怕简单的攀谈，那么行动力就显得太过薄弱了。

"为什么想写现代诗啊？"我无心地问。

"最近接触了很多，就想学着写。"

"那你都看谁？"

"顾城啊，海子啊之类的，但是他们的诗都太高深了。"说到这里，她似乎有些激动，又或者是有些紧张，不自觉地比画着，"老师，现代诗有什么押韵上的要求吗，还是自由的啊?"

"是这样，我是学英美诗歌的，主要是英国诗歌，那他们的诗歌和中国颇有相似之处，比如说他们的十四行诗，韵脚要按照'ababcdcdefefgg'的模式押韵，然后每一行又要按照'轻重轻重轻重轻重轻重'的要求写，我们称之为抑扬格五音步。然后，英国十八、十九、二十世纪的诗歌呢，有的按照第1、3、5行押韵，第2、4行押韵，也有第1、2行押韵，第3、4行押韵，相较比较自由，那中国的现代诗总体上就比较自由，不会严格要求。"

她听得很入神，见我停了下来，发出一声长长的"噢"!

"你想了解诗歌，为什么不加入我的'克兰诗社'呢?"那是我负责的另一个社团，主要跟学生平等地探讨诗歌相关的话题。那个社团的体量很小，只有十名学生，也是为了聚拢一群真正喜欢诗歌、愿意了解诗歌、敢于尝试写诗的人，并且希望对他们产生些许深远的影响。

"之前不知道，那我可以去旁听吗?"她面带笑容地问。

看见她满脸灿烂的笑容，我自然不会拒绝，何况这个社团就是为了促进学生之间的诗歌交流。

"这样吧，给你看一首诗，我前几天写的。"

"嗯，好。"

我点开电脑桌面上的那首《太阳颂》，为了她看起来方便，还调整了字号、行距，分成了两栏。

她的目光快速地扫着一个个诗行，平静而又犀利。我在一旁补充："因为没有想好开头，所以前面一两句显得有些口语化。"

"我觉得这个写得很好。"她盯着电脑屏幕，目光中透露出赞扬之意。

那首诗是这样的：

太阳颂

傍晚七点整的时候，
屋子里一片昏暗。
不一会儿，夕阳挣脱了云朵，
射进一束无比明亮的光。
这光明比正午的太阳还要耀眼。
它穿透一切，照进我的心房，
照进我的思想。
那摞书上的影不是游走的笔，
而是思想的舞动。
它是深渊，深邃到不可捉摸，
它洗刷掉往日所有的濯垢，
它杀死鄙贱与肮脏的菌群，
它是无上的光明，威严而不可侵犯。
你若忤逆着直视它，便会发现耀眼之后，
蕴藏着无尽的黑暗。
它是裨益的温暖，亲切而惹人称赞。
你若躲藏着逃避它，便会发现浑身上下，
遗失了本真的自然。
它最发散，也最聚集，
辐射五洲四海，穿梭漏洞之间。

它最公平，也会有所偏袒，

普照万物，却近者为先。

它最正直，也能曲折蜿蜒，

气质浩然，更察人情冷暖。

然而多少赞美之词，

都挡不住它的脚步，

落下西山畔的那一刻，

周身顿生几丝阴凉之感。

不过日月轮回，夕阳不没，

旭日何以送走云烟？

"给你简单说说我的想法啊，这是上周日下午七八点的时候，我一个人坐在办公室里写东西，原本屋子里很昏暗，但是突然一束强光射进窗子，似乎整个世界都明亮起来了。于是，那一瞬间，灵感来了，就写了这首诗。"

"原来是这样啊，"她指着"它最公平……"那几行说，"我很喜欢这几句。"

"这里也是我想通过强烈的对比特别突出的地方，以后你写诗的时候，也可以用这种对比，这样语言会更有张力。我也尝试过'它最公平，普照万物；也会有所偏袒，近者为先'，但是这样写，语言的表现力就会逊色许多。"

她点点头，看得出她是真的愿意学习诗歌的。我正要往下说，进来了一个同事，他见我跟学生谈话，索性没有言语，径直做自己的事了。

我接着说："看这里，'它是无上的光明/威严而不可侵犯/

你若忤逆着直视它/便会发现耀眼之后/蕴藏着无尽的黑暗'，这里是说太阳是无比明亮的，它象征着至高无上的法则，我们要是直视它，去违背法则，那么我们眼前就会一团漆黑。另外这就像我们政治上学的'唯物辩证法'，光明与黑暗是相生相伴的，看待问题不能绝对化。还有这句'它是裨益的温暖/亲切而惹人称赞/你若躲藏着逃避它/便会发现浑身上下/遗失了本真的自然'，这是说太阳这种温暖而光辉的东西，我们要亲近它，要多去晒晒太阳，不然就会像狄更斯的小说《远大前程》中的女主角艾斯黛拉那样，面色煞白，丧失了自然的美丽。再比如说'菌群'这个词，这是我模仿的一种写作手法。英国十七世纪影响广泛的文学流派当属玄学派，而其中的代表诗人约翰·多恩在他的诗歌中就常借用天文学的意象，但在诗歌的表达上却有意想不到的效果。这里我想借用生物学的常识，紫外线能够杀死我们身上的细菌，以此来侧面歌颂太阳的恩惠。"

她点点头，我又接着说："'它最正直/也能曲折蜿蜒/气质浩然/更察人情冷暖'，我最喜欢这句，这句我把太阳比作一个人，太阳就像一个非常正直的人，他射出的光线是直的，但他又能折射、反射，到达很多角落，若用直来直去的方法，是不可能到达的。这寓意人在原则和大是大非面前要保持正直，但世事多是复杂的、波折的、起伏的，所以我们懂得变通，有时候就需要折中，甚至退让。所以表面写太阳，但深层次中还传达着一些人生体悟。"

"就是说，不是为了写诗而写诗。"听了这么多，她插了一句。

"嗯，就是这样。起初写诗的时候，不可能一下深刻起来，我也是一步步过来的，从高一开始写诗，我已经写了七八年了。"

"我现在就是不知道从哪里立意，所以感觉写不出来，也不能为了写诗而矫揉造作吧！"

"对。"

第二节晚自习的铃声响了，她跟我道谢告别后，走了。

我又看了一遍那首诗，发现有个重要的点没有来得及说。于是，自己心中暗想，夕阳再亮、再美，无论我们多么惋惜，多么想要挽留，太阳也是无动于衷的。日月轮回，没有夕阳西下，如何迎来旭日东升，又如何驱散海上的迷雾与人生的乌云，开启崭新而美好的一天呢？

2019 年 4 月 3 日 00:50

阿勒泰地区第二高级中学

叶嘉莹先生于我的影响

虽然身居阿勒泰，心中却时常牵挂着南开大学的动态。近日听说，叶先生在央视有个关于诗歌人生的节目，于是便想作为一个仰慕者，写写心中的体会以及自己的诗歌之路。

暂别奋斗四年的南开大学，回到熟悉的家乡新疆阿勒泰支教，是我自大一的梦想。我热爱诗歌，爱到骨子里的那种，刚到南开大学的时候，我便写了一首现代诗《走在路上》，记录我初识南开的时刻。

大二的时候，文学院举办了一场面向全校的讲座，主讲人是叶嘉莹先生。对于这位名声远扬的雅士，我从一进入社团和学生组织便时常听人提起，学校团委组织部有个学长跟我们说："在南开，你若是不听上一场叶先生的课，那就算是白来了。"究竟是什么样的人，会如此牵动每一个南开学子，那时我真是迫不及待见到叶先生。一听说有先生的讲座，我立刻跑去文学院，费了好大一番力气，才弄到一张门票。

叶先生的讲座称得上最火爆的了，传言她初到南开大学授课的时候，隔壁天津大学、天津师范大学的学生都会慕名而来，甚至用红萝卜刻章，伪造听课证。那时候一间容量 200 人的阶梯教室，能生生挤下 400 人，过道上、讲台上、窗台上，似乎再也找不到落脚的地方，再也不能多挤下一个人了。

到了讲座那天，我激动地跑到学生活动中心的田家炳音乐厅，找了个中间最好的位置坐下，静静等待着一睹先生的尊容。那天的讲座虽是面向学生的，但还是来了很多学校外面的人。过了半个多小时，终于等来了开讲的时刻，我的期待值也达到了顶点。这时，一名活动负责人走上台，客气地通知大家，叶先生因为突然血压升高，今天讲不了了，请各位体谅，讲座时间后续通知。

后来也没有办成讲座，一直到了大三，我又等来了一次机会。天津大剧院"当代学者大讲堂"系列公益讲座专门邀请了叶嘉莹先生，南开大学文学院有一些内部的门票，我专门托文学院的学妹领了一张，誓要听上一次叶先生的课。

那天的场面火爆极了，歌剧厅里塞下近两千人，夏夜时分，沉闷燥热，但这挡不住人们的脚步。听完先生的身世，我内心五味杂陈。一个人该是多么坚毅与顽强，才能忍受在台湾遭到的那股社会迫害，才能承受丧女之痛，才能在颠沛流离之后，依然保持一颗纯洁的心灵，并不懈地追求人生的诗意。

叶先生曾写道："不向人间怨不平，相期浴火凤凰生。柔蚕老去应无憾，要见天孙织锦成！"她说，诗就是"情动于中而行于言"。如果是为了逢场作戏、为了应酬、为了显摆那点平仄知识而作诗，反倒不如不作，因为那是诗歌的耻辱！在这个充满喧嚣与纷乱的世界上，古代诗人那光辉美好的诗词、人格、操守、品格，就是这世界的一点光明，而叶先生则想要把这些美好传承给中华子孙，所以是"要见天孙织锦成"，而这句诗也正是那个难忘的夜晚的主题。

带着先生对我潜移默化的影响，在诗歌写作的路上，我开始探索更加宽阔的世界。吟诵古诗词，培养了我对音韵的痴迷，加上我对社会现实的关注，对自然环境的觉察，我写了很多现代诗歌。

大四上学期，在王磊校友的帮助下，我在南开大学举办了"诗意人生·青春主题诗歌展"，为了向百年诞辰的穆旦先生致敬，还特别展出了穆旦先生的部分诗歌，再后来更有幸采访了穆旦先生的长子查英传先生。

大约在毕业前半个月的时候，我应邀在毕业生作品展上展出了60首诗歌。当时，我很自豪地向南开大学校长介绍了一首描写南开雨景的诗歌，启发青年人保持内心的宁静，踏实做学问，表现出青年人的担当。

支教的第二个学期，我常常想到，叶先生九十多岁的高龄依然热情地传承着诗歌文化，为何我不能呢？在支教地新疆阿勒泰地区第二高级中学，我得到了校长的大力支持，于是便毫无顾虑地开展了一系列的工作。

我创立了"克兰诗社"，旨在传承与弘扬优秀的中华诗词文化。改完作业，做完办公室的兼职工作，晚上熬夜看叶嘉莹先生讲"赋比兴"手法的视频，白天再结合自己的认识，整理好讲义，讲解给诗社的学生。就这样，每周四中午一个小时的午休时间，便成了我跟学生们探讨诗歌的时光。

一间南开书屋，七堂诗歌课，十个人，我们探讨中国古代诗歌的表现手法、变化发展，探讨中国近代诗歌的流派、写作手法，探讨英国诗歌的发展历程和美国诗歌的人物概览，当然还探讨了大家对诗歌的看法以及各自写诗的体会。离开前，整理东西时竟找出厚厚一沓的诗歌讲义。虽然不知发给学生的那些材料现在何处，但我想，多少总该会有些留在了他们心里吧！

南开支教人在二中开创了一个延续多年的文化品牌——

"东方杏坛"系列讲座。我给学生讲的是"从爱国诗歌到创意写作"，通过南宋第一词人辛弃疾的一生贯穿始末。中间拓展到杜甫的时候，我不觉间想起叶先生讲杜甫的场景，于是便把叶先生与南开大学的"姻缘"分享给学生。当然也包括叶先生的那首诗：结缘卅载在南开，为有荷花唤我来。修到马蹄湖畔住，托身从此永无乖。

叶先生的根在北京，每当读到杜甫《秋兴八首》中"夔府孤城落日斜，每依北斗望京华"一句时，叶先生总会感同身受，家国之情溢于言表。

叶先生曾在两首《鹧鸪天》中自问自答："……梧桐已分经霜死，么凤谁传浴火生……柔蚕枉自丝难尽，可有天孙织锦成。""不向人间怨不平，相期浴火凤凰生。柔蚕老去应无憾，要见天孙织锦成。"一边是忧心，一边是信心。自信的是在中西文化对比中，叶先生越来越感受到中华传统文化的宝贵，忧心的是先生不愿意看到古典诗词被曲解冷落。

叶先生说："既然我们从前辈、老师那里接受了这个文化传统，就有责任传下去。如果这么好的东西毁在我们手里，我们就是罪人。"传承依靠谁呢，我想，就是一个又一个对诗歌充满纯粹的热爱，满怀文化自觉意识的行动者吧！

2019 年 4 月 24 日

新疆阿勒泰地区第二高级中学

二中春日·赠语文考场上的学子

枝头新秀尚柔嫩，半吐半露羞色深。

青松傲立掩扉门，翠柳垂头盘错根。

湍河簌簌没苔痕，小榭涟涟映旧人。

人间春意摹不尽，怎察文人骚客心？

2019 年 4 月 29 日

为窗外二中校园春景而作

一轮血月

　　夜里十一点半，走在春天的夜里。陪着学生上了三小时的晚自习，有些怀念往昔的学生时代，又庆幸已经逃离。沉沉暮色丝毫不会让人窒息，有些引人沉溺，又催人忘记。

——写在前面

在错落人影中，

抬起望眼，

一轮血月

正低挂在东南的天际。

如同一股热血，

灌入了身体，

跌宕起我那

被搁置已久的诗意。

如同一张铜镜，

照出了我的秘密；

笃定了我那

被质疑多次的拙计。

你不要埋怨

琐碎点滴埋没了你，

生活也不经意间

拂去眼前蒙尘，
还你一片出尘不染
纯粹的心理。

2019 年 5 月 21 日

阿勒泰地区第二高级中学

元宵夜记

——赠孙共平书记

半载岁月情渐稠，
几丝哀愁蓦然首。
台上指点青葱头，
脱胎蜕变斥方道。
犹记行前英姿气，
不负众望夸赞谬。
何以解忧待前路？
唯有添彩更锦绣。

2019 年 2 月 19 日

短暂的寒假在逐渐变淡的年味儿中结束，支教团的团友们又重新聚集到了一起。那天正值元宵节，大家准备去学校的食堂，一起吃晚饭。刚走出宿舍，便遇上了孙书记，于是便邀请他一块儿聚聚。

吃饭前，孙书记给大家说了调任的事情，团友们既惊讶又十分不舍。过去半年多的时间里，孙书记常常走到我们中间，嘘寒问暖，不时还会苦口婆心地传授人生经验。那年他 54 岁，但从他迅捷的步伐中，你依然可以感受到他浑身的活力。孙书记是行伍出身，离开部队之后，便开启了教育战线上的工作生涯。

去年，高一新生军训，其中有一项野外拉练，来回的路程大约 18 千米，孙书记全程走了下来。他来到二中之后，每年都会与学生一同拉练。他常说："走在学生中间，会觉得自己年轻了好几岁。"

学生在操场上军训的时候，孙书记会在一旁观看，有时还会亲自指挥。他不光下达凌厉的口令，更有振奋的鼓舞。学生很喜欢他，有几个还会亲切地称呼他"孙爸爸"！

除了铮铮豪情，他还藏着柔软的一面。大约一年前，那时候我们还没有来阿勒泰，孙书记曾代表研究生支教团的服务地，去南京参加一场共青团中央举办的交流会。去之前他先到了南开大学，还特意跟学校的团友们见了个面。回忆起跟第 18 届研究生支教团在机场告别的场景，孙书记说话的语气很激动，一时间难掩满眶的热泪。他说，他后来不时就会想起，隔着机场的那道玻璃门，他在这边，9 名支教团员在那边，依依不舍，相互挥手告别。原本打算离别前一一握手，没想到竟然因为一道玻璃门留下了遗憾。我们第 20 届的团员虽然还没有去过那个期待已久的地方，但听着他们的故事，我们也跟着哭了。

吃完饭，大家又在食堂坐了一会儿，孙书记看大家情绪有些低落，便跟大家开玩笑地说："调走了也好，这样等你们 7 月离开的时候，我就不用去机场送你们了，那样的场面太让人难受了。"

最后一次见孙书记是在学校的太阳广场上，那天下午刮着三四级的风，他正在整理广场旁边的树木之间系着的细绳，上面挂着学生写的祝福祖国的小卡片。那天上午，全校的师生一起来了个快闪活动，迎接中华人民共和国成立 70 周年。那些挂件被风吹得七零八落，孙书记想把它们再挂起来。我走上前，跟他打招呼。谈起那天活动的新闻稿，孙书记再三叮嘱我，要高屋建瓴，饱含情感，把这次的活动写得生动、写得动人。分开之后，他又如以前那样，在校园里信步。

其实我很佩服孙书记，他割舍了许多，独自一人在阿勒泰工作，儿子和妻子都在西安，长年分居两地。加上忙碌的工作，他时常无暇顾及饮食上的琐事。尽管年轻时打下了很好的基础，随着年龄的增加，他的身体也开始出现问题。但他总是那样乐观，总把学校当成自己的家，总想再多做些什么。那般爱护，那般关照，我这样一个年轻人又岂能理解，毕竟我只在这里待了一年，匆匆之间，恍如过客。

于是那晚，我便写下了这首小诗，送给孙书记，留作一份纪念！

酸甜苦辣咸

烟火气儿

烟火气儿到底是什么味儿？我想，竟没有多少人能回答得上来吧！是逢年过节燃放烟花鞭炮之后的残余气味儿，还是灶前烧柴做饭时散发的油烟香气儿？

同事在工作之余，忙碌着装修新房，想着要为尚未定下日子的新婚做足准备，待到结为连理枝的那天，才会更显得神采奕奕，精神焕发。没事的时候，我就跟着打个下手，若他询问意见，我便全仰仗着自己的好恶，胡乱说上一通，对价格之类的琐事更是全然不顾。同事倒不是个没有主意的人，只是习惯了凡事商量，于是不论大小物件总要征询女方的意见。逛店铺的时候，在我的"唆使"下，他有些拿不定主意，那套洗浴用具半年前便已缴纳好定金，如今，在他看来显得有些不够美观大方。可未来的女主人是个勤俭的人，只想着朴素实用就好，不必讲究外观之类的排场问题。是啊，我尚未成家立业，如何知道各种吃穿用度，久处无忧无虑的校园，我倒是丢失了不少的烟火气儿。想到这里，深觉惭愧。

去新房子比对踢脚线的颜色时，我淡然地坐在后座上，车里放着时下已不那么备受追捧的民谣歌手——赵雷的那首歌《三十岁的女人》，瞬间感觉好有烟火气儿。"日落后/最美的/时光已溜走/工作中/忙的太久/不觉间/已三十个年头/挑剔着/轮换着/你再三选择/那么寒冬后/炎夏前/谁会给你春一样的爱恋。"也许非要等到那个而立的年纪，才能真正醒悟过来，我们都已不能沉迷在理想主义里。拎起衣领，用力闻上一闻，才发现周身遍布烟火气儿。

那年的国庆节，我专门回了趟家，几个同事大多去旅行了。自从去外地上大学，因为距离太过遥远，所以已经四五年没有在国庆假期回家了。要是勉强的话，就算把七天悉数耗在火车上，时间也是不够用的。于是那年的国庆节，我想从忙碌的工作中解脱出来，换个心情与环境，到父亲的田地和母亲的灶台前寻找生活的烟火气儿。虽然下定了决心，但我还是在下地前"全副武装"，带上迷彩帽和口罩，身上也裹得严严实实。

家乡的十月正是秋收的时节，起初的两日，我开着轰鸣的四轮车，奔波在田亩与晾晒庄稼的戈壁晒场之间。中间的三日，我每天要把大约十个篮球场的庄稼翻上个两三遍。上午顶着烈日，翻一遍就要花费近三个小时；匆匆吃过简单的午饭，再花个半晌翻一遍；待到六七点的时候，瞅着哪片湿漉漉的，就多翻翻。为了不耽误光景，好让庄稼一同收走，干活儿的时候可唉声叹气不得。一忙起来，我也竟忘记了休息，不时还小跑着，那番酣畅的体验已许久未接触了。后来想起那一刻，倒觉得身上总有使不完的劲儿。

北疆的秋天与南方、北方都不相同，中午的日头依旧颇为毒辣，傍晚十点的时候，天幕才慢慢落下。一天的劳碌结束之后，往日常无胃口的我也能吃上好几个馒头。因为高中时候养成的熬夜的陋习，平素也鲜有早睡，可那几日我一粘床顷刻间便能睡着，还格外地香。最后的一天半，我帮着父亲把戈壁晒场上晒好的庄稼拉回家，一木锨一木锨地装到车上，总共二十多吨的庄稼，硬是这样拾掇完了。

临走的时候，我跟父亲说："几年都不曾回来帮忙了，没想到今年干了件大事，我这个劳力，可省了一千块啊。"虽然累得浑身酸痛，到了单位，同事看到我脸上没有遮住的两腮晒得发黑，还特意询问："天呐，一个国庆你都经历了什么，倒像是又黑了一圈儿，沧桑了几分，变了个样儿。"我不知道如何回答，正巧手机突然"嗡"的一响，便找借口走开了。原来，父亲给我转了 1000 元。

我心中窃喜，到底是什么变了呢？我想，也许是没有辜负此行的初衷，找到了因为久坐办公室而丢失的东西吧！

晚上躺在床上，虽然刚刚离开半日，却突然很想念母亲，于是起身走到灶前，煮了一碗小米粥。因为教工宿舍是烧天然气的，没有烟熏火燎的味道，我却也饶有食欲地吃起来。

我边吃边浏览着网页上的新闻，"周润发裸捐 56 亿"上了热搜，那时我就想：也许人家也和我一样吧，为了重新寻找曾经熟悉的某种人生味道，才放下所有的荣耀，这样才不至于被外物羁绊。"发哥"常常会出现在香港的街头小摊，穿着几十块钱的 T 恤衫，一条不起眼的深色短裤，脚上拖着一双似乎有年头的凉鞋。声名如他那般又如何呢？不是也得低下身来，才能闻见这世间最真的味道，在寻常巷陌体会到轻快惬意，怡然自得。

说起街头闲逛，不由得回想起与前女友度过的时光，也会暗生感慨。那时候常常躲避与遮掩生活的烟火气儿，总以为最洁净的空气才能孕育出最美好的爱情萌芽。殊不知柔弱如那般，不用惊涛骇浪，单是种种琐事就把两个人生生拖垮了。

所以烟火气儿，在我们的生活中绝不单是调剂，而是不可或缺的调料，就像是潮汕人烹饪的鱼露，有着鲜咸的风味，色泽又不至于太过浓重。也许这样的返璞归真、收放有度才是现代人应该追求的吧！

2019 年 2 月 8 日

阿勒泰的秋·冬·春

秋

阿勒泰是个神奇的地方，单不说它的金山银水、民族荟萃与物丰人美，光是个季节，就颇有韵意和趣味。秋天给阿勒泰染上了一层斑斓的颜色，黄的、红的、绿的、灰的，望着不远处的低山，竟也有种饱览如画江山的畅快感。它虽没有千里江山图的青绿靛蓝，然而有远处的荒山做底，有崇阻的野岭为伴，倒也苍茫孤傲，倒也瑰丽巍然。

挤出空闲，终于能出去走走。秋日的桦林公园满眼的颓唐与落寞，但也不乏生机与活力的痕迹。克兰河进入了枯水期，河中央的土丘上长满了桦树，近处的那一丛已经死去，露着狰狞的树根，这些盘虬卧龙般的根须似乎昭示着往日急湍的罪行。另一丛桦树倒是茂盛，虽有小半秋叶随风飘舞，但看起来依然敌得过不算太过强劲的凉风。

冬

阿勒泰的第一场雪来得太过突然，以致睡了一觉，醒来透过窗子望去，屋顶上已稀稀拉拉地撒了一层细雪。屋顶的颜色与盐场相近，感觉那薄雪像析出的盐，咸咸的，让生活多了几分味道。

清晨起来，悠然走在路上，四处观望着初雪带来的变化。

云雾缭绕着近处的低山，好像一位娇弱姑娘额前的碎发，平添了几分姿色，多了几分朦胧的美感。山色与天色在天地这块调色板上融在一起，蒙蒙的灰色，浅浅的靛蓝色，还有山上的石头、泥土与黄绿色矮树混合成的斑驳色彩，这一切都不免让人赞叹，好一番深秋初冬的秀美景象。

下午的时候，雨雪交加，倒也算不上大。外面的人行色匆匆，似乎都想快点钻进屋子，裹上一层厚厚的被子，在暗沉的天色中与人促膝交谈，或者独自安睡，总之那一番惬意，可比平日里的休息放松得多。顶着雪花与雨滴，穿过一处文化长廊，蹑手蹑脚的样子有点滑稽。习习的冷风钻进毛衣，瞬间感受到初冬凉意的侵袭。路上只有一摊摊的积水，只剩那尚存绿色的草丛上错落地积攒着残雪。想着等到深冬季节，也要攒几个雪球，与朋友嬉闹打斗几回，好好体味体味这北国饶有趣味的冬天。

阿勒泰的初雪不像印象中的模样，漫天飞舞地下个半日，就如同那西北汉子豪爽的性格一般。反倒有些江南水乡的绵柔之感，让人想起辛弃疾的那首词《丑奴儿·书博山道中壁》中的两句，"欲说还休，却道天凉好个秋"。兴许是阿勒泰的秋太过短暂，人们还没有体会透彻，浓浓留恋之意被这大自然的雪感知到了。于是这雪一会儿下，一会儿停，渐入佳境，也给人们多些时间适应。

淅淅沥沥地下了一夜，一觉醒来，拉开窗帘，忍不住喊了一声："哇，好大的雪啊！"昨日的雨雪交加，落在土路上，总给人一种泥泞不堪的感觉，此刻飘舞的雪花则不然。它轻盈曼妙，风姿绰约，如同西北少数民族善舞的姑娘。雪离不开风，来自西伯利亚的北风带着异域的情调，就像那带有强烈节奏感的乐曲，点燃起美丽的姑娘们的热情。雪花随风飞扬，有的向着左侧倾泻，有的竟向上飘去，好像看见大地的那一刻，不愿卑微到泥土里。其实它并不知道，它本是一滴水，从大地升腾而起，游历了高远的天空，更要回归那最初的怀抱里。

不一会儿，风徐缓了，雪花便不急不忙地落下，轻飘飘的，比那最柔软、最灿烂的长绒棉还要轻盈。你若走近一看，定然会叹服自然的鬼斧神工，它纹理有序，毫不凌乱。它也洁白无瑕，一尘不染，如同金山北部的那座雪山——友谊峰。遥想千百年来，这些雪花在高山之上，化作冰川，化作流水。它滋润着人们的心田，灌溉着农人的旱田，所以才惹来诸多的仰止，诸多的赞叹。

这雪依然时而徐缓，时而仓促，下得小的时候，倒觉得"撒盐空中差可拟"贴切极了。下得大的时候，只觉"北国风光，千里冰封，万里雪飘"最是恰当不过了。

直至次年四月，残雪即将消殒殆尽。在春风中，你便再也寻找不到冬的足迹了。

春

当地人说，"阿勒泰没有春天"，当然这是句玩笑话。只是阿勒泰的春天短得出奇，以致你还没有感受到绵绵春意，便到了穿短袖的季节。春天奇怪极了，有人穿着羽绒服、大衣，有人穿着单薄的外褂，还有人穿着衬衣。人们见面了，便相互打趣："都啥季节了，还穿着棉袄呢？"那人也觉得臃肿，想着回去换个单衣，却又忘不了"春捂秋冻"的老话。

　　这里的春天多是光秃的，没有迎春花、桃花的装饰与点缀，更没有沁人心脾的芬芳，有的只是一群像盛开的花儿一样热情的人们。

　　夏天就快要来了，多希望它能慢些到来，好让我再好好感受一番这里的四季；又多希望它能快些到来，好早点见到期待了一年的果实。

　　这一年，我在阿勒泰，走过了 2018 年，走过了阿勒泰的四季！

2019 年 4 月 6 日

　　有个学生问我，这篇文章的布局怎么这么奇怪呢？我告诉她，因为阿勒泰的四季就是这样，短暂的秋天与春天转眼即逝，只有漫长的冬天让人感受得最为透彻。说起来，这篇散文的谋篇布局倒是偷师了英美国家的某些现代诗的写法，哪怕仅仅是形状上，也要贴合中心思想。这样才算把阿勒泰的四季勾勒得真实，描摹得细腻，点缀得美丽。

——后记

做一个优雅的"吃货"

我心里一直藏着一个梦想：做一个优雅的"吃货"。

我不喜欢饕餮般吞咽，更厌恶胡吃海塞，偏好那蜻蜓点水，浅"尝"辄止，便觉得有无限的韵味！

吃货总难以停下脚步，可是人总要找个落脚的地儿。如果让我选择，我想我会选择阿勒泰。因为她四处洋溢着静谧的气息，徐缓的节奏会让人顿觉呼吸都顺畅了许多。然而，你若暗自揣测她一成不变，那便是对她那颗年轻而富有活力的心灵的亵渎。

春日，天朗气清的时候，她犹如十六七岁的姑娘，在临近成人的年纪还保留着可贵的天真烂漫。即便是天空中如洗的蔚蓝，也不如她笑得灿烂。

擎着个好日子，闲逛到米粉店，在各种口味与辅料之间纠结良久，艰难地做出最后的抉择。我本来对米粉没有太大的口腹之欲，在阿勒泰也只去过两家，一家在二中不远的地方，酱香是招牌，但我还是偏爱经典的素炒味道。另一家在华丽商场的巷尾，名字很有意思：禄转粉。店家也许是想说，在路口的尽头，转角遇见这家的米粉，或者经过的路人都会成为追随的粉丝。

我猜，或许还有另外一层意思，有着"字圣"美誉的东汉文字学家许慎在《说文解字》中提到："禄，福也。"故而，店家也许把福气与福运也凝入了米粉，想要为每一位食客带去美好的祝愿。他家的辣酱很独特，应该是用那肉厚质密还略带甜味的红辣椒做成的。吃的时候，起先觉得十分温和，但越吃越有后劲。不一会儿，额头上便沁满了汗珠，全身四处的毛孔似乎都被打开了。最后，一杯大麦茶稀释掉口中残存的刺激。在河边的小道上，在林木之下，与同行之人有说有笑，悠然踱步。

在阿勒泰短暂而舒爽的春天里，能有这般闲适，其中滋味自是不比同酌一壶老酒的酣畅逊色半分。

夏天，艳阳高照，那里的紫外线颇有些毒辣。这时，阿勒泰则会化身成一位姿态翩翩的妙龄女郎，头上戴着一顶素色的大檐帽，身穿一条波希米亚风格的碎花长裙，清凉、古典、精致、知性都不足以形容。她的明艳靓丽定会让你眼前一亮，你若从她身边走过，还会嗅见或清新或森女的仙气。

在浓烈与淡雅交织的气息中，坐在五百里夜市的暮色里，细细感受着晚风吹拂，聆听着克兰河水的不绝涛声。五六个人围坐一桌，羊肉串、红柳烤肉、椒麻鸡、凉粉、烤鱼、黄面摆满了整个桌子。当然多数时候都少不了冰镇的乌苏啤酒，在阿勒泰人的眼中，它算是不可或缺的点缀。

朋友间敞开心扉地聊着过往，吐露着欢笑与愁苦，侃谈着缥缈且看似遥远的未来。阿勒泰的女生大多也这般豪放，从不忸怩，活得很是潇洒。即便你是个很难被打动的人，到了那里，也会因为难挡的热情而备受感染。于是，压在心底多年的话语在最后时刻都会倾泻而出，离去的时候，业已成为半个阿勒泰人，心中坦荡，轻装而行。

秋高气爽的时候，她依旧别具风韵，山花、萎草、青黄相接的树叶彼此掩映。纵使她的衣裳分外斑斓，也那样自然脱俗，饶有趣味。

秋，多是萧瑟而孤寂的，若是形单影只，便更加显得凄清与落寞。毫无疑问，美食是这时最好的慰藉。二毛馕坑肉、丰鑫园的抓饭、温州酒店的胡辣羊蹄，都能让你抓住那个易逝的季节，利落地贴上一层秋膘，增添一两分丰腴。

吃馕坑肉需要耐心，等上二三十分钟是稀松平常的事。但入了口腹之后的满足会让你深觉，世间的一切美好都值得等待！只要不是太晚，多一些期待，其实也多一分滋味！吃抓饭的时候配上个小羊腿，刀、叉、勺一应俱全，如此招架之下，才有最极致的体验。听说温州酒店新请来了"新疆第一盘"的厨子，小城市的妙处就在于消息的灵通，不出几日，整个城市便已悉知。赶着新鲜劲儿，品尝一番胡辣羊蹄、大盘鸡，不求量大，每样尝上几口，便已然幸福感爆棚。

走出饭店，迎面还会吹来萧瑟的风，但你已不会当成一种抛弃，反而觉得这是一种别样的眷顾，给了你些许独处的时光，回望走过的迷途，憧憬充满希望的前路。

深冬的凛冽让人变得厚重，她会迈着急匆匆的脚步，穿行在冰天雪地中，宛若一位高贵的妇人。衣着考究，气质温婉可人，似有些文艺冷淡的风度，但她却从不会神态高傲。或许只有在时间的流淌中，才能深刻体会到那份绵长吧！不过，对待生活，她更是有几分认真。

入冬前，一定要去看看牧人壮观的赶场，还有之后的冬宰，总会给人留下深刻的印象。围坐在毡子上，用双手接过主人削下的牛羊肉，其中的咸鲜香甜都是最本真的味道。除了诚挚地感谢自然的馈赠，在这漫长而酷寒的冬日里，实在想不出其他的表达。那里的风干肉远近闻名，性格坚韧的人最是喜欢那种嚼劲，也可以把它撕成纤纤细丝，其中暗藏的软糯似乎昭示着什么。我想，这应该是那里的人们的缩影吧！他们刚柔并济，既勇敢、刚毅与强悍，又保持着文采、柔和与温柔。

额尔齐斯河让阿勒泰显得颇为独特，这条母亲河源源不断地哺育着她的孩子。在劳碌与奔忙中，她端来热气腾腾的美味佳肴，而这种终生难忘的味道将永远停留在她每一个孩子的味蕾之上。阿勒泰狗鱼，也叫白斑狗鱼，在哈萨克语中称作"乔尔泰"，走遍祖国南北都寻觅不到这样的食材，因为这是独属于阿勒泰的冷水物产。修长匀称的体态，遍布脊背的白斑，细长的头和吻，一眼看去，你也许会因为它的观赏性而不忍拿起筷子。可是，你知道吗？它的肉质无比细嫩，极富弹性，香鲜甜美早已令人垂涎三尺，更称得上鱼中的"软黄金"了。我想，此刻你正咂着嘴，或回味着，或想象着这可遇不可求的人间美味吧！

若是偶尔厌倦了席面，走到街上，呼着白气，走进路边的小马丸子汤，点上一碗热汤，配上两个油塔子，也是不错的口味调剂。待头上的汗消尽，钻进夜幕中，打一个冷噤，便径直冲回温暖的屋舍。当然，来了劲头的时候，纵情驰骋的滑雪过后，品尝一条来自乌伦古湖或者福海的清蒸鱼，逛完冰雪雕刻而成的晶莹剔透的童话世界，来几条五道黑烤鱼，也都是不错的选择。

素日，忙碌的工作耗费了许多热情，趁着闲暇的时候，选择做一个优雅的"吃货"，其实这是一种生活的态度。它会帮你找回丢失的热情，在走向未来的道路上，在黎明的曙光里，在遇见、别离与重归怀抱中，让你重新绽放出最美的姿态。

2019 年 8 月 25 日 00:12

天津南开大学

当我们不为改变命运而读书的时候，我们为何而奋斗？

那天，我乘坐公交车去市区理发。因为高考刚结束，所以在理发店里遇见了3个二中的毕业生。那个男生倒是与平时无异，理了个平头，便离开了。两位女生跟店主仔细说明了要求，要染个什么颜色，烫个什么波浪，长短如何，造型如何，疏密如何。店主倒是很耐心，与她们聊着与美发相关的各种话题。我理完发后便走了。

第二天，学校举行成人典礼。不少学生都穿着奇装异服，头发染得五颜六色，似乎在他们的眼中，成年便是这种模样。办公室的同事谈起这个话题，都觉得这是个教育的问题。也许是学校的校规压抑了学生的天性，也许是学生希望通过标新立异来凸显自己，但我觉得这些学生欠缺的或许是完整的人格和强大的内心。

走进这些学生，你会发现，他们中有的是因为学业上难以获得成就与认可，于是想要在其他方面寻求心灵上的安慰与满足；有的是因为没有独立完善的认知，所以极易受到周围环境的影响而与他人保持同质化，或者与他们攀比；有的是因为内心脆弱，所以无法承受或者忽视外界的眼光和无端的评头论足。

在物资尚不丰盈的时代，学生为了改变命运，所以学习上动力十足。即便偶尔懈怠，也能很快调整状态，重回正轨。然而，如今在许多学生眼中，似乎已经不用再拼命努力。衣食无忧的生活，悠然自在的节奏，随便找一份营生，便可以安然度过一生。然而，如果我们只能看见眼前暂时的安逸享受，最终难免被迅疾的时代洪流裹挟，到那时也许会变得四分五裂，也许会变得七零八落，再难拼贴出完整的人格。何况此刻的惬意，不知多少人在背后默默守护，那么何不趁着青春年华，成长为一个对社会大有用处的青年人呢？

当然，我的学生当中，很多人在一开始的时候也十分勤奋，但一两个月后，便会丧失动力，出现厌学情绪。课堂上，整个人十分低落，看到冗长的英语阅读理解，顿生厌烦之感。我常常想，怎么才能帮助学生找到卓有成效的办法，让他们始终保持活力，保持学习热情呢？

后来，我慢慢总结出一些经验——激发兴趣、鼓励竞争、树立目标。我常常借用英语阅读中的素材，通过延伸让学生自觉寻找学习中潜藏的乐趣。比如有一次，一篇阅读理解中讲述了一个富人的故事，那个人最终阐述了一个道理：安逸并非人人向往的天堂，历经挑战与困难，才更会让人懂得幸福的滋味，体会成功的意义。我很鼓励竞争，我认为合理的竞争，不仅可以激发动力，更能形成一种积极向上的学习氛围。每个学生都要努力实现超越，整个班级也要努力缩小与其他更好的班级的差距。最终，我们会离目标越来越近，慢慢地，学生们的劲头比以前高昂了许多。

如今的生活确实比以前好了很多，许多人不再为了改变贫苦的命运而读书，但我想：每个学生都该在学习中学会独立思考，让自己成为一个有独立思想的人，不受外界纷扰，不受世俗羁绊，故而收放有度，兼收并蓄，不断完善自己的人格。当然，生活中的嘈杂也需要发泄的空间，偶尔的游戏、欢聚、出游等无可厚非，只是留心一点，更全面动态地认识这个世界，既可以玩得酣畅淋漓，又能积累经验与智慧，成就更好的自己。

2019 年 6 月 11 日

写给我亲爱的学生和朋友

最近看到，你们当中不少人变得倦怠，变得随意，我能理解你们在一学期将尽时的疲惫，但我还是想劝说你们，"亲爱的朋友，越是困难的时候，你越要坚持，只有这样才能让自己更加与众不同！"

我问过你们：你相信你有着巨大的潜力吗？你有想过成为一个不一样的人，经历一段不一样的人生吗？不管是一路跌宕起伏，还是一路精彩绝伦。

有时候，你是不是会把自己的不足归咎于你的天赋或者能力？这种时候，问问你自己，你真的竭尽全力了吗？你真的已经使出浑身解数，毫无保留了吗？你在此刻不能解决一道难题，所以半年后还是应该继续不会吗？你有没有做出行动，拿出举措，想出办法，有没有用发展的眼光看待自己？青少年时期是最富有可能性的阶段，如果你励志成为一个优秀的人，那为什么不可以呢？

但是你常常会听到，你已经很好了，在班里已经排名前十，前五，前三了。这时，想一想你的追求是什么？你们的竞争者是谁？是阿勒泰地区的高中生，是北疆的高中生，是乌鲁木齐的，还是全疆的，全国的？竞争将伴随着你的整个求学与职业生涯，有人的地方就一定会有竞争。

于是有人会说，这样的生活不会让人发疯吗？不会让人精神压力太大而抑郁吗？这是不是没有休息，没有放松？当然不是，谁都需要张弛有度，谁都会有倦怠期，最终致使你们走向不同的人生道路，产生不同的抉择，实现不同的成就，其最大的原因就是你们在逆境中的抗争。积极乐观，心胸阔达，这样的心态会让你快速调整好状态，面对惊涛骇浪，心中依然波澜不惊。

亲爱的朋友，人要有一颗追求极致的心。高中的时候，我能做到我每写一篇作文，都会被当作范文，被老师在全班面前朗读。我常问自己，别人是人，我也是人，为什么别人能做到，我做不到？我不服气。所以我会广泛地尝试，多去接触新鲜的事物，并且努力培养几个特长，这一定会成为你的内生性动力的源泉。因为人总是需要不断地得到肯定，这样才能保持充足的劲头，不断向下一个目标冲击。现代社会对人的要求更加全面，所以要做一个广博的人，除了扎实的专业知识，还要对文学、艺术、哲学、法律、历史、风俗、经济等有些涉猎。这样的你一定是一个精神世界丰富的人，对这个世界有着独特认知的人，有主见的人，有决断力的人。

我还想告诉你，我的朋友，一个人要想成为经世之才，必先入世。一个人的性格，内向或者外向，本无好坏之分，优劣之别，但是这个时代要求大多数人都要变得外向，变得深谙人情世故，能听懂言下之意，能宽厚待人，甚至还要让他人信服并顺从你。总之，要成为一个情商高的人。

谈起优秀，你们当中也许会有人问：这是否意味着高处不胜寒，是否意味着孤家寡人，独守寂寞？但我觉得这要辩证地看待。一是领导者是最能体现自我意志的群体，当然这也并不是说你可以胡作非为。所以在某种程度上，领导者是孤单寂寞的，因为他要高瞻远瞩，他要未雨绸缪，他要面面俱到。二是一个优秀的领导者一定是与人为善的，一定是具有强大的亲和力的。共和国的开国元勋，中国外交史上纵横捭阖的人物，南开大学最优秀的学生，我们敬爱的周总理就是这样的人，他为新中国的发展做出了很多规划和设计。但是，你知道吗？周总理在一夜的工作之后，看见清洁工人，仍会上前紧紧握住工人的手，亲切地表达感谢。这样的领导者才能体察民情，换来民心，保持初衷。这样的人才能有 1976 年十里长街的景象，才有联合国破例为他降半旗一周。所以，优秀的人更能体察人情冷暖，更能换来众多的关怀！

　　我亲爱的学生们，朋友们，让优秀成为你的一种习惯吧！它会陪伴你走过人生的起起落落与所有坎坷，但只要记得你的方向，纵然天地辽阔，纵然形单影只，你也不会迷失自我。

2019 年 6 月 20 日

那真是一张可爱的笑脸，真的！

听闻，我出的高二年级英语月考试卷上的笑脸引起了轩然大波，学生之间议论纷纷，认为那是一个暗含深意的笑脸，甚至略带嘲讽的意味，故而敝人特著文一篇，以纾卿怀！

其实，我只是想让你们感到一丝压力！你们觉得难吗？那难在哪儿呢，是那些单词你没有见过吗，还是那些语法没有学过吗？都不是，那为什么没有考好呢？在回答这个看起来似乎十分复杂的问题前，我想先跟你们聊一聊我出题时的想法。

首先，一张英语试卷在单项选择、单词填空上完全是考查近一段时间以来的学习效果的。如果这两部分你们没有做好，那只能说明你们对单词掌握得十分不牢靠。你们理解的单词与短语是孤立的，缺乏实际应用价值的，自然无法做到内化、灵活自由地应用于写作乃至未来的生活与工作中。

其次，阅读理解的词汇稍有些难度，话题也较为多样，但题目十分简单。只要你能找出关键词，学会快速提取信息，做起这些题目来会很得心应手。但是，你们中不少人想得太多，想得太复杂，又不够坚定，总要从头到尾，一字不落地细读一遍，才敢做题。可这样会浪费太多时间，又缺乏针对性。

改错和作文则需要一些语法知识，考察你们的综合能力，无非是长难句、关系词、固定搭配、时态语态之类的东西。

看到分数的时候，也许你们很想撕掉那份没考及格，或者考了高中以来最低英语分数的试卷，当然也有可能你已经将它揉成一团，丢进了垃圾箱。

　　然而无论如何，我从未想过，故意刁难或者打击你们，我只是希望你们能学得扎实，学得深入，不要停留于表面。如果不能记住并学会灵活应用这些基础知识，怎么向更高的水平冲击呢？一次月考成绩并不重要，重要的是你们应该有所启发，有所反思，有所改进，下一次考试才可能会有所提高。

　　听说，你们中有些人后来把试卷上的那个笑脸剪了下来，贴在笔记本上，当作一种警醒，一种暗示，一种激励，一种鞭策。如此，我想这份试卷出得就不算失败吧！

2019 年 6 月 29 日

向阳而生

宿舍里随便摆着几件简单的家具，上铺的床都空着，床帮上挂着几件凌乱的衣物。一眼看去，整个房间显得毫无生机。于是，我便想着种上一株绿色植物，好让这个房间看起来有些人气。有一天，在菜市场买菜的时候，买了几个土豆。那一周，因为工作太过忙碌，竟然忘记了吃。后来发现，土豆已经变绿，发了芽。我灵机一动，便找来了一个花盆，松完土壤后，便把这个土豆埋在里面，最后浇了几杯水，好让水土与土豆亲密地接触，帮助它快些长大。

大约过了 10 天，一株幼小的秧苗从土里钻了出来。

第一眼看到这个秧苗的时候，我激动极了，因为我为这个世界带来了一个如此幼小的生命。我的宿舍在背阴面，所以，纵然午后的烈日十分毒辣，也丝毫不会照射到这株依然孱弱的秧苗上。

然而，这棵小苗好像有一颗倔强的心。

过了一个多月，那棵土豆苗已经有半个人那么高了。我每天也不怎么照顾它，只是当我看到它的时候，或者偶然想起来的时候，才会给它生猛地灌上两杯水。至于死活，至于它的姿态或者多余的枝丫，我向来无暇顾及，以致后来它野蛮生长，竟占领了半面窗户，枝头都顶到了窗户最高的地方。

有一天晚上，看完学生的晚自习，回到宿舍的时候，已经是夜里 12 点了。接了一盆水，准备泡泡脚。正要拉上窗帘的时候，发觉这株土豆苗的叶子竟然全部都紧紧地贴着窗户，向着外面。那一刻，我竟不知怎的有些心存愧疚之情。似乎感觉，自己创造了这个生命，但却像囚犯一样束缚着它，没有给予它自由。可又担心，若放飞了它，它又难以存活。这种矛盾的心绪就如同一个母亲对她的儿女一样，一边爱惜，一边忧忡。

这株土豆苗即便深受"牢狱之灾"，无法在形体上得到解放，但在精神上却始终倔强地彰显着它的顽强意志。它努力地寻找阳光，也许只有黄昏时刻微弱的夕阳，才能带给它片刻的光合作用，能让它积蓄能量，好在以后能够彻底地爆发，摆脱我的束缚。

当然，它也许只是在努力地寻找阳光，只是向阳而生。

巧合的是，那一天有两个高一学生来找我闲聊。我跟她们分享了之前写的一篇英文演讲稿，中间还提到，学生应该去培养坚强的心态。其实，这跟向阳而生有异曲同工之妙。因为健康积极的心态能够让一个人最大限度地发挥潜能，能让一个人勤于思考，能让一个人获得最全面且最富有个性的发展。

向阳而生是什么？一个人如果保持光亮，他不光会影响他自己，还会影响身边的每一个人，去温暖每一个人。于是，他创造的价值便比别人要多得多。当然，在有些人的眼里，向阳而生也有可能是众人所说的成功。为了追求这种东西，这种莫须有的东西，这种欠缺标准的东西，很多人都开始变得浮躁，变得焦虑。因为他们不知道自己的目标究竟是什么，因为他们不知道成功的定义是什么，甚至有些人连从哪里起步都不知道。

　　在我看来，向阳而生是一种十分可取的人生态度，这样的人生态度将会带领着我们，不论面对荆棘丛生，还是惊涛骇浪，我们都能够披荆斩棘，劈波斩浪，在人生的大道上，走出一条属于自己的路。

2019 年 6 月 21 日

一些离愁别绪

还有最后一周，就要离开支教地阿勒泰了。室友还在翻箱倒柜地收拾行囊，我躺在床上，似乎几天后的离别与我没有半分关系。一上午都忙忙碌碌的，中午匆忙吃完饭，走出食堂，抬头看了一眼天空，蓝蓝的，云朵一团团一簇簇的，仪态万千。拿出手机，随手一拍，发在了朋友圈里。简单收拾了一下，东西不多，一个行李箱，一个稍小一些的手提包，还有一个德邦快递的旧纸箱，这几件东西便装下了我全部的家当。不过我倒不觉得寒酸，反而因为从小便四处奔波，所以早已养成了简单与轻快的作风。

我虽是一个恋旧的人，但对于那些不中用或者不中看的旧物也是毫不心软。收拾东西的时候，整理出来了一小袋的纸条、卡片之类的东西，那都是过去一年学生送的一些小礼物，上面稚嫩的笔迹如同他们的脸庞和心灵一样，透露着纯真与美好。

我还记得，高一（2）班给我送了一小束满天星的干花，看到那束花，我就会想起那群如漫天繁星的孩子，闪耀着光芒，照亮着夜空。那束花上系着一张小卡片，上面写着：

亲爱的老师：教师节快乐！感谢您在研究性学习课上给我们带来的欢乐，让我们体会到了众多理想的闪闪发光，领略到南开大学的风光，我们立志成为像您一样优秀的人，在成长的道路上努力奋发！祝您身体健康，工作顺利！

　　看到那些字迹，我的心里感到欣慰极了。那年的元旦，为了表达心意，我专门写了一幅毛笔字"公能"，送给了他们。不想正巧碰上他们班级的元旦活动，于是我便被热情的学生拉进班里，观看他们自己准备的节目。

　　送给高二（5）班的那幅字，上面写着南开大学的校训：允公允能，日新月异。这算是留给我的学生们的寄语，希望这八个深深影响我的大字，也能继续影响他们。等我离开了这所学校，就让南开精神一直陪伴着他们吧！

2019 年 6 月 25 日

　　小土豆儿，也要跟你说再见咯！

　　谁说阴面的窗台上不能茁壮成长？

　　谁说只有屋外的杨树才趾高气扬？

　　谁说阳光不全是枝叶根茎的方向？

　　谁说背对着主人便一定私心暗藏？

　　谁说瓦罐之内不能纵情心花怒放？

　　谁说那凋落的枯叶不能滋养土壤？

　　谁说你结不出小土豆儿，难当干粮？

2019 年 6 月 27 日

纯真的人儿

熟悉的电影院

在阿勒泰的电影院只看过两场电影，当地最大也是最有名的电影院位于喧嚣嘈杂的俄罗斯步行街，名字起得很有深意——东方好莱坞。

大约提前一刻钟到了等候大厅，取完票，竟看见我教的班级的一个学生。他也来看电影，真是巧合极了。他是一个人来的，穿着一件黄褐色的修身夹克，一条水蓝色的牛仔长裤，裤脚特意卷了几圈，脚上蹬着一双棕色的工装鞋，这是颇为流行的穿法。不论是在东部的天津，还是如今的西北小城，若你穿个合身的牛仔裤，或是把那貌似多余出来的一截剪掉，在年轻人的眼里，简直不能再古板了。不知道这流行的穿搭起源何处，只是我从来不会跟着人家的样子穿衣打扮，只为穿得舒服、得体、大方，关键还能透露出个人的审美与风格，才是我最关心的。那个学生背着个书包，这是他身上唯一能把他和街上的行人区分开的东西。

我走上去，问他："你也来看电影了?"

"哇！老师！"他见我，说话有点激动，顿时又闭口不言。

"你也是3点50这场吗?"我为了跟他多熟悉一些，便找着话题。

"嗯!"

"怎么一个人来啊?"

"我朋友在附近老师家补课，我一个人也没事干，正好看场电影，看完去找他们。"

这个男生的英语不太好，坦白说是有点差，英语150分的卷子只能考个70分左右。为了不打扰他的兴致，我试探地问："怎么不一起去补课呢?"

"我朋友补的都是物理化学，还有数学。"

"哦。"

为了不影响电影的观感，我决定不继续讨论这个话题了。进入影厅后，我跟同行的伙伴坐在五排，他在四排。因为这是半下午的时间，影院里的人并不多，他转过头问我："老师，我坐你旁边吧!"

"好啊。"

又跟他聊了一番电影，快开始的时候，他提议："老师，我们拍张照片吧!"

平日，我多是不喜欢拍照的，但又不想扫了他的兴致，便没有多想，拍了一张。

周一上英语课的时候，我刚站到讲台上，后排便有学生大声问道："老师，电影好看吗？"

"你怎么知道？"我有些不解，又有些不自在。

"王毅在班群里发了照片。老师，我也想和你合照。"

"好了，我们上课。以后你们若是表现得好，就给你们看一部电影。"

后来，上课时讲到某个单词或者文章，我常常会跟学生们提及一些经典的电影。有一次，讲到 Mocking Jay，就跟大家分享了詹妮弗·劳伦斯主演的《饥饿游戏》。讲到 expectation 的时候，我会推荐大家去读查尔斯·狄更斯的小说《远大前程》，如果开始觉得有些难度，不妨先看看改编而成的同名英剧。

大半个学期过去了，班上大部分人的英语成绩都有所提升。为了表示鼓励，我特意抽出两节课，和大家一起看了《伟大辩手》。其实，选择那部电影也暗藏着我对他们的期许：追求极致，学会享受痛苦的过程，最终才可以有所成就，有所超越。

期末前的那次月考，王毅考得很好，进步了四五十分，在课上我特意表扬了他，还奖励给他一本诗歌集。然而，无论是生活，还是学习，过山车一般的起伏如同电影，会给人惊喜，也会有意料之外的结果。期末考试后，他的成绩又重新回到了起点。

二十天的寒假一眨眼便过去了，第二个学期比第一个学期还要忙碌。除了党政办公室的工作、英语教学，我又揽下了两个学生社团，一个校报社，一个"克兰诗社"。校报社已经停刊两三年了，重启这项工作，可以说毫无经验可以借鉴。但是，凭借着高中和大学时在媒体相关部门的履历，我相信可以做出个样子。"克兰诗社"则完全是我倡议发起，并一手建立起来的新社团，用筚路蓝缕形容似乎有些夸张，但是此刻回想起那时手脚并用的样子，甚是觉得自己有几分滑稽。

有一天课间的时候，王毅拿着一张校报社的纳新表，到办公室来找我，他突兀地问道："这是什么？"

"上面不是写得很清楚吗？"

"那我要申请加入。"

"你为什么想参加校报社？"出于会占用一些学习时间的考虑，我淡然地问道。

"就是想为学校做点什么事啊？"他说话又轻又慢，显得很是内缅。

"我这儿需要学生记者、美术编辑，还有摄影，你想做什么？"

"摄影，还有排版、修图都可以，"他说话突然又变得很利索，"我可以不填纳新表吗？"

我笑了笑，他也笑了笑，不知明白了什么，他便走了。

后来，我们第二、三期报纸上的大部分图片都是他拍的，第二期大部分的排版也是他完成的。后来，我越来越欣赏他，不光是因为他会用 Photoshop、Adobe Illustrator 之类的软件修图，更是因为他那份超乎同龄人的成熟。

一天，一个同事瞅见了墙角的一个箱子，惊奇地问道："这是谁的相机稳定器啊？"大家都默不作声，似乎都不知道。

过了几天，王毅突然进来，跟我说了声："老师，我把这个拿走了。"

"原来这是你的啊，你拿这个到学校来，要做什么？"

"记录生活。"

顿时，我对他简短而有力的回答感到无比惊诧。

"学习已经这么忙碌了，还有时间记录生活吗？"

"就是因为整天只有学习，才要好好记录一些有意思的事呀。"

几天后的一个下午，因为积攒的工作有些多，所以早早就去了教学楼。我特地从高二（5）班门前经过，想看看学生们都在做什么。透过门上的玻璃，瞥见一群学生聚集在教室的中间，似乎在商议着什么。我正要推门而入，突然被英语课代表拦住，硬生生地被她拉到了一楼的音乐教室门前。

"老师，我们班的两个同学在音乐教室练琴呢，想不想看看？"

我跟着她走进门，那两个学生看见我，面色中透露着惊诧，似乎谋划已久的秘密被提前戳破了一样，又或者电影的结局被提前猜到了。

两个学生逐渐平静下来，但我那时并没有觉察出异样，更不知道她们只是佯装淡定。听完其中一个学生弹奏的钢琴曲，嘱托她们继续好好练习，我便回办公室了。

大约过了大半个月，我迎来了二十四岁的生日，那天是星期天。算算离支教结束的日子，也只剩下一个月了。

第二天一大早，睁开睡眼，打开手机，看看时间，才刚刚七点。我打开朋友圈，一连串同样的链接惊到了我，那是一条视频的链接，名字叫：班级合唱MV——给 Frank Lv 的礼物。备注的地方写着：送给即将离开的支教老师。

他们或独唱，或合唱着那首英文歌：*Something Just Like This*，在克兰公园的广场上，在二中的操场上，他们追逐、奔跑、嬉闹、舞蹈，他们甜美、清脆而真挚的歌声在我的耳边久久环绕。每个女生都穿着白色的裙子，毫不保留地焕发着她们那个年纪特有的美好与单纯。那首歌有很多版本的翻唱，更不乏流行海外的国际童声合唱团版，但在我心里，谁也无法超越我的这些学生的演绎。后来有学生告诉我，班里好几个女生都是第一次穿裙子，开始她们是拒绝的，最终的妥协只是为了给我一份惊喜，给我们所有人留下一份难忘的回忆。

4分钟的MV，其实花费了学生许多的精力。而那天下午差点被我发现的排练，只是他们在那大半个月里的一次秘密筹备。他们牺牲了那么多天的午休时间，甚至好几次，几个学生在下午的英语课上犯困。而我也多次提醒甚至批评他们，一定要调整好状态。

那天一上课，我备受触动地跟学生说了很多，也包括：这是我收到过的最好的生日礼物，谢谢你们每一个人。那一刻，我的眼眶不由自主地湿润了，我的内心莫名地酸涩了。

那个视频当中有很多镜头，很多场景切换，而王毅就是背后的导演，他包揽了大部分的拍摄、剪辑、音频合成等相关的细碎工作。他带来的相机稳定器以及他所谓的"记录生活"正是为了那次拍摄，而那两个练琴的学生也是为了那次合唱。

其实我很想说，永远不要低估一颗年轻的心，更不要说一群人。他们的创造力早已超过了你的想象，只有走到那个自由的天地里，你才会看见他们的徜徉。

生活，有时候不就是一场电影吗？当你仔细计划的时候，便有更大的概率控制住剧情，随自己的好恶演绎剧本。当你大意疏忽的时候，便有可能成了别人剧本中的路人。当然，你若真情表演，说不定也能等来属于你的一份惊喜。

离开阿勒泰的前几天，又一次路过了那家电影院。突然觉得，我来这里支教的一年恰如一部电影。站在那栋楼下，看着"东方好莱坞"几个大字，这一年中的精彩片段在我脑海中快速地闪现。

我打量了一下周身，自己似乎正站在电影院里。

一个充满爱的女孩

她是一个什么样的人呢？如果你一定要我用个什么字眼去定义，我愿意这样回答你：她是一个充满爱的女孩！

紧紧闭上眼睛，用力回想，时光回到 2018 年 10 月的一天。给高二（5）班做了一周的代课老师，上完最后一节课，我慢悠悠地走回了办公室。当然，谁也不会想到以后的故事，所以彼时的我心情倒是颇为波澜不惊。

端起开水壶，往保温杯里倒了大半杯热水，那是静姐或者英姐烧好的，办公室里总共就两位女士，我平日喝水竟大都指望着勤快的同事。每回上完课，总是恨不得立刻坐下。

当时，我正小口小口地呷着热茶，高二（5）班的一个女生走到我椅子一侧，唐突而低沉地说了句："给！"

可能是因为第一节早课的缘故，我还有些浑噩之感，世界还残存着一些混沌，以至于我素来敏锐的感官在那一刻对外界的刺激竟有些迟钝。

那是一本关于诗的书，还未拆封，赫然地搁在我的桌上，出现在我的眼前。如果用"横空出世"形容，虽有些浮夸，但对于尚且朦胧，尚未清醒的我来说，并算不上过分。我又仔细一瞥，发现那是一本关于中国现代诗人传记的书。为什么呢，谁会送这样的一本书呢？

这一堆看似冗杂的心理波动其实一秒之间便闪过，否则岂不落得尴尬的境地？

　　我一手拿着杯子，扭头去看这是谁。她是个称不得内敛，更算不上外向的女生，个头不高，面目清秀，幼圆脸庞上的每个部分似乎都经过自然的精雕细琢，没有瑕疵。她扎着一根马尾，又黑又直的头发垂过肩膀，看起来充满了青春的活力和神采。即便对于那年 23 岁的我来说，这都是人生中最想要追忆、最值得珍视的东西。然而，她那细弱的嗓音中似乎又夹杂着一丝动摇和犹豫。

　　我另一只手拿起书，纵然心神有些许的慌乱，却表露得颇为淡定："你为什么送我这个？"

　　"就……就上周末去逛书店，看到这个，所以就买了，想送给你。"她开始说话的时候有点踟蹰，但话音处又十分利落。

　　"你也喜欢诗歌吗？"

　　"不是。"

　　"那你为什么送我关于诗歌的书？"

　　"因为我喜欢你。"

　　在我两旁坐着的同事大概没有听见，倒是还不时喝水、显得有些疏忽的我，差点把刚喝进嘴里的水喷出来。

　　"因为喜欢我？"我满脸惊诧，"你叫刘洋，对吧，我对你有印象，英语基础还不错，单词听写也挺好的，以后要继续努力。"我赶紧转移话题，避免突如其来的尴尬。

　　其实，后来一想，觉得这是一件多么幸福而美好的事啊！只是对于第一次当老师的我，对于深受传统文化熏陶的我来说，一时间有些手足无措罢了。

　　她点了点头，对我笑了笑，说了声："嗯！"

　　从她的语气中，我明显能觉察出，她对我这段略显突兀，甚至话锋转得有些不着边际的言论全然不感兴趣，但我对此也全然没有愠意。反倒是，在我内心深处的某个角落里，黯然滋生了些许自艾的情绪。

"虽然以后不教你们了，但是学习上有问题的话，还可以来找我哈！"

"好。"她拖着音，绵软地回道，"那我走了？"

"好，拜拜！"我起身，看着她出了门。

这是第一次遇见一个如此纯真且有爱的女孩，心里想着，希望世间的美好可以与她永远相伴。

2019 年 8 月 12 日 04:39

之后的一两个月里，逢着闲暇，抑或是看着学生上晚自习的时候，我便随手带着那本书。我很喜欢书中一个叫柏桦的诗人，在他向成熟转型的时期，有一首题为《往事》的诗作。其中几行这样写道：那曾经多么热烈的旅途 / 那无知的疲乏 / 都停在这陌生的一刻 / 这善意的，令人哭泣的一刻。

诗人，最爱在诗行里寻找可悲的共鸣。不论它出自谁人的笔下，读的人都会迸出许多冲动，想要到那人的面前，攀谈上几句。唯有如此，才会觉得心满意足。

我向来不喜欢用诗人来标榜自己，虽然时常有人为我打上这样的标签。但读到那一处，我确实深表同感。

回想起 16 岁时写下的第一首诗，便觉得这一路对诗歌的热情从未消减半分。若有人问我，"你可会有厌倦诗歌的一天？"我定会打心底觉得，那是个痴人。

旅途之上，那本书，那陌生的一刻，便犹如休憩的驿站。我知道，只有停下来，才能再次踏上遥远的前路。

我之所以深刻铭记着那个充满爱的女孩，是因为她让我感受到这善意，这令人哭泣的善意，这不能辜负的善意。那一刻也化作了我前行之路上的一块石碑，铭刻着一段记忆，一段过往。每当回望的时候，我都会弥足坚定。

我把那个女孩送的一张明信片夹在了书里，那是一张很精美的明信片，充满了艺术气息，准确来说，是传出了"一点儿宁静和隐秘的气息"。后来，我还上网专门搜索了那幅画，画的名字是"莫兰迪的瓶子"，出自意大利波洛尼亚的画家莫兰迪之手。

这个家伙一生都没有结婚，更没有爱情，他把一生全部献给了他挚爱的艺术。这样的一位苦行僧生活简朴，淡泊名利。他推崇过早期文艺复兴时的大师的作品，也对此后各种流派的大胆探索有着强烈共鸣。一开始，他沉迷于印象主义，对塞尚的静物和风景画颇感兴趣，后来也模仿过立体主义。

在经过兴奋、茫然、探寻后，莫兰迪最终还是找到了自己的艺术道路，开始探索属于自己的艺术语言，最终以微妙的"冥想"式静物画著称，成为 20 世纪最受赞誉的画家之一。

明信片的另一面写着几行清秀又稍显稚气的钢笔字，左边是"祝可爱的吕老师教师节快乐！"右边是《诗经》中的《国风·卫风·淇奥》里的几句："有匪君子，如切如磋，如琢如磨。"落款处写着名字，还画着一个空心的心形。

每次沉浸在诗歌的世界里无法自拔的时候，这个"书签"总会再次把我拉回现实，好让我抬头看看眼前的学生，是不是正在潜心学习？在诗歌与现实的频繁转换中，我逐渐变得自如。

其实，这还是第一次有人用"可爱"这样的字眼来形容我，兴许是因为我在英语课上倡导自由平等的气氛，兴许是课下与学生亲近的秉性，到了学生的眼中，这便算是一种可爱？

偶尔，我还是会拿起那张明信片，心中暗想：是该追求做一个如莫兰迪那样的人，还是回归传统的谦谦君子？将来若是有机会，我当询问那个送这本书的女孩，不知道她会做何回答，或者会不会回答？

2019 年 8 月 13 日 02:11

当然，我心中也有自己的答案。

我对诗歌最初的记忆大约始于初一时的那位温文尔雅的语文老师，他四十岁上下，梳着锃亮的头发，走起路来自带一股风。他常常会跟我们分享旅途上的故事，在过去的几年间，每逢寒暑假，他都会只身一人，骑着一辆自行车，去丈量祖国的大好河山。他的言语中总是充满了自豪感，那时他已经走过了大半个中国，他说，等有一天他走遍了全中国，还要去游览世界各地的风光。我清楚地记得，他让我们誊抄的第一首诗是舒婷的《双桅船》，起初并读不懂其中的意义，只是觉得有一种轻纱般朦胧的美感。

高中的时候，我迷恋上了食指、顾城和北岛的诗，对于朦胧诗派也有了更深层次的理解。诗歌的时代性与思辨性成为我关注的焦点，如何反映社会现实，又如何剖析复杂的内心，都成为我尝试性的诗歌写作的主旨。

进入大学后，我开始较为深入地接触英语语言文学。在那飞逝的四年里，美景、现实与爱成了我笔下的常客。在英美文学的浩渺天地里，我钦佩约翰·多恩的玄学派诗歌，那些原创的、新颖的、瑰丽的比喻真令人拍案叫绝。我仰慕约翰·济慈的颂体诗歌，那些想象、那些真与美、那对自由的向往，早已冲破岁月的枷锁，直抵每一个充满爱的读者的心田。我欣赏罗伯特·彭斯富有音乐性的诗歌，家乡的秀美、农人的淳朴、高傲的天性，从来不违内心，不拘一格，不能折腰。

所以，我敢大言不惭地说，我的诗歌经历与莫兰特的绘画人生倒有几分相似之处。然而，我也从未离开过传统。

我在南开园里追逐着叶嘉莹先生的脚步，听她把人生蹉跎娓娓道来，在难得的两场讲座中，我任思绪纷飞，随先生回到那个"赋比兴"的先秦时代，感受民歌中的委婉、生动和真挚。

我在穆旦花园里追逐着穆旦先生的脚步，听他的长子讲述父亲的际遇，在穆旦先生百年诞辰国际学术研讨会上，我任灵魂荡涤，褪去在当下沾染的浮躁，回归学人该有的执着、坚守和恬荡。

我在熙攘的展厅里追寻着诗歌梦想的脚步，张贴出过往的得意之作，借着校友的相助，我走到舞台中央，去任人评说，去体悟入世与出世的智慧，去思考：为自己写诗，还是为别人写诗？

我在祖国西北边陲小城阿勒泰的地区第二高级中学，倡议设立了"克兰诗社"，一年的支教中，我跟学生畅谈了七次诗歌，从先秦到唐宋，从英国到美国，从古典主义到现代主义，我渴望用诗歌激起他们对美的追求，对传统的敬畏，对差异的包容！

所以，我也敢说，如果可以坚守那些深入骨髓的经典与精粹，为什么不做个君子呢？

要是哪天真的问起那个女孩，要是她真的不知道怎么回答，我可能会告诉她：其实，我心里住着一个莫兰迪，还住着一个谦谦君子。当然一定还有几句算是埋怨又调侃的话：倒是你，因为一张明信片，竟惹得我这般思绪纷乱，下次可不敢再收你的书了！

2019 年 8 月 13 日 23:21

南开大学

阿不都沙拉木的启蒙教练

2018 年 9 月的一天，那是第一次见到王涛老师，我和支教团的一个团友去找他借排球网、排球和拉杆音箱。学校计划周末组织大家出去素质拓展，办公室的徐飞老师便派我们去借东西。那时候，我们支教团已经到二中一个多月了，但对学校的老师依然不够熟悉。王涛老师端坐在体育办公室的桌子前，语气中透着严肃，那是一种难以描述的姿态。我们俩毕恭毕敬地做了登记，一再表示感谢，并向他承诺一定按时归还。

后来，排球网被徐飞老师放在了车的后备厢里，一直忘记还给王涛老师。最后拖了将近两个月，才终于还给了他。那两个月里，每次遇见他，或者去找他借东西，都要被他说道很久。不费上一番口舌，休想再借出任何东西。

2019 年的 6 月，王涛老师收到了 NBA（中国）的邀请，以一名中学篮球教练的身份，于 7 月份飞赴美国佐治亚州，参加全球青少年篮球精英俱乐部的交流活动。为了准备出国，他整个人忙得不亦乐乎。面对一沓厚厚的材料，他细致而谨慎，生怕出一点儿差错，毕竟这是他第一次出国。填表格的时候，他到办公室找到了我，看着那些全英文的表格，他自然一片迷茫。不一会儿，我就帮他填好了。他便跟办公室里的人吹嘘："看看，全校哪怕整个阿勒泰都找不出这么专业的人了。"我有些难为情，便又叫他核对了一遍内容。他对我的态度有了陡然的改变，语气也十分平和。

填完表之后，他又给我看了另一份文件，上面列着出国所需要的文件清单，我逐一地给他翻译，他便一个一个地按顺序排好。中间有一项涉及所获得的荣誉证书以及发表过的论文，他跟我说，回去找找，一会儿就回来，并嘱咐我一定要保管好他的那些东西。大约过了半刻，他拿来了一个档案袋，里面装着他的荣誉证书，有"国家级优秀中学篮球教练"证书，也有自治区级和地区级的一些荣誉，还有两本泛黄的期刊，翻开后，在目录页清晰地标记着他的作品。那是大约十年前发表的文章，多是中学生体育教学的思考与总结。看到这些辉煌的过往，我顿时有些吃惊，刹那间，有些理解了他的姿态。

王涛老师在学生中间很有名气，不论是二中建校 60 周年校庆，还是快闪、运动会，学生的队列都整齐有序。当他跟我谈起履历的时候，作为中国男篮国家队队员阿不都沙拉木的启蒙教练，他脸上并没有流露出自豪，反而十分淡然。他培养的学生中，还有好几个成了新疆飞虎男篮二队的队员。大约半年前，阿不都沙拉木曾回过一次母校，那天我和支教团的另外两名成员还特意和他合了影，留作纪念。他虽然很高大，但性格有些内向，显得十分低调。我想，这种气质多少也和王涛老师有些关系吧！

不过，阿不都沙拉木的妹妹帕丽扎提倒是和他哥哥截然不同。我曾给他妹妹所在的班级上过半个月的英语课，她上课时很活跃，回答问题也很积极。2018 年的教师节前两天，地区报社有两个记者来二中采访，办公室的徐飞老师忙得不可开交，径直向他们推荐了我。帕丽扎提是接受采访的学生代表，她竟跟记者建议，要不让我再到她们班上一节英语课，拍一些相关的视频素材。不过后来，我还是在自己的班级完成了采访任务，而那节英语课也成了我跟我的学生们共同的美好回忆。

高考过后，高一、高二的学生迎来了期盼已久的运动会。老师们也有比赛项目——排球。王涛老师是裁判，高二、高三两个年级分别派出教师参赛队伍。激烈的比赛，高声的呐喊，围得水泄不通的人群，但王涛老师一人便掌控住了整个场面，虽然他也累得喘着粗气。纵然最终的结果有喜有悲，但两个年级没有丝毫的不满。从那场比赛，我才真正看出了王涛老师的处世经验和待人智慧。

结束支教的前几天，最后一次跟几个学生闲聊的时候，学校的群里弹出了几张王涛老师的照片。他戴着墨镜，笔直地站立着，一副神采奕奕的模样，背后是篮球交流赛的宏大布景。那一刻，我很笃定，他的美国之行一定十分顺利。

我的嘴角露出浅浅的微笑，我很高兴用我的所学做了一些力所能及的事。关上手机，趁着最后的机会，我更加坦然而平等地与学生谈天说地，聊着过往，遥想未来。

2019 年 9 月 19 日

南开大学

嘿！新疆姑娘

方才上着地理晚课，忽而南区又停了电，四下皆黑。带台灯的几个同学打开了台灯，墙壁上便映出微弱的光来。班长站起来示意同学们安心莫躁动，一同学提议唱歌，全班达成一致，由五音较全的同学开头。

"夜空中最亮的星，是否听清，那仰望的人心底的孤独和叹息……"

文科班向来女生偏多，我们班也不例外，清丽的音色，婉转如夜莺。我们在昏暗的灯光下，一首接一首地唱着。忽然张老师推开了门，歌声戛然而止。本以为会引来叱责，意料之外的是，他说了一句"小声些唱"，便关上了班门。于是，我们又开始唱着，在深色的夜空中，如点缀星河的装饰品。

我停下来静静望着她们，那些甜美的女孩子左右摆着她们的肩，轻轻地和着。几个俏皮的女孩子将手电筒照向白板，比画着心形的影子，比画着她们的少女时代。

如若此时有一个相机，我一定要将这一刻的美好锁住。但贾平凹先生也说，凡事求缺不求满，遗憾使它更显得动人。那么，我决定将这一刻书写于纸张，敲打于键盘，定格于心中，待过些时分，便描述在梦里。

一班回忆录

2019 年 9 月 23 日

　　2019年10月2日，离开阿勒泰已经整整三个月了，我努力试着融入研究生的生活。然而，读罢上面这段清丽而隽永的文字，我的思绪又被拉了回阿勒泰，拉进那些熟悉的教室里。

　　这段文字摘自二中的一个学生的朋友圈，文字如其人，纯真、青春、感性、洒脱、爽朗之类的词都可以堆砌到她的身上，她叫森巴提，我喜欢称她："新疆姑娘"！

　　放假的时候，她总喜欢拍照，朋友圈里常常见到她的照片。她和那些青春少女们似乎都很喜欢伴装成熟，把自己的美照修到时尚杂志封面上，流露着一股潮流的风范儿。有时，她穿着现代旗袍，漫步于迟暮时分的霓虹里，驻足于悬在石栏上的花簇前，河堤、树影、发髻在柔和的灯光下构成一副自然天成的画。那种知性的气韵由内而外散发出来，丝毫没有矫揉造作之感。刚认识她的时候，她还会觉得自己不够好看。我告诉她，外在是内在的表现，心灵首先要强大，气质才会出众。当然，她也偶尔少女心，穿着公主裙；或者撑着透明的雨伞，宛若雨巷愁怨的姑娘；或者披着略显凌乱的头发，或慵懒，或卖萌。

　　你永远猜不到，美好年华里的少女究竟是何种颜色？她们似乎天生就被赋予一种多变的基因，无论外表还是心灵，都有着不重样的风格。

　　而我，作为一个老师，总会变着法地激励她专心学习，告诫她在花季的年纪，保持青春容颜最美丽。倦怠的时候，她会找我聊天，她说每次聊完天都会重获动力。关于美的讨论，她也会因为与我意见不合，要个小脾气。

　　支教的第二学期，我决定重新开办《二中部落》校报，以全新的版面设计，A2 幅面的全彩印刷，给二中开拓一片新闻宣传与文学创作的天地。起步的工作很辛苦，新招纳的学生记者又不懂得设计，不过好在我高中和大学时都曾接触过纸媒，莫校长又给予了大力的支持，所以我想着纵然有些挑战，也必须要开个好头。

森巴提是学生校报社团的社长，骨子里有一股坚毅、不服输、不言弃的劲儿。她很喜欢文字，她的手账本上有诗句、富有哲理的名言、偶尔迸发的灵感以及萌生出的青春悸动。不经意的言语中，交上来的采访稿里，她总能给我带来惊喜。我想，这便是积累的妙用吧！为了鼓励她，我送给她一个印有"南开大学"字样的笔记本，希望她能一如既往，用文字记录深有感触的美好事物，在思考中变得更加深刻、全面与透彻。

2019 年 7 月 2 日，南开大学第 20 届研究生支教团正式结束了一年的支教任务。下午 2 点，从阿勒泰机场飞西安，然后再飞天津滨海机场。那天上午，高二的学生要参加政治考试，高一的学生没有考试，所以恰好赶上那个送别的时刻。七八个高一的女生围着宋老师，她们越是说分别的话，交代以后的事情，越是让那份离愁别绪涌上心头。最后，她们哭得稀里哗啦的，拥抱着，挥舞着手，纵然万分难以割舍，终究还是远去了。

那天正午，我忙着收拾最后的一点儿行装，森巴提和我的一个学生丽娜来宿舍找我，想要在最后再轻松地聊聊天。

不像前两天那样，几个学生在我办公室里跟我告别。我跟他们说："没关系，以后有缘还会再见！我们这一年一起做了那么多事，一起学习，既然曾经珍惜过，精彩过，离别便不必感伤!"我越说,森巴提就越哭,她带着哭腔地回道:"从小到大,最讨厌离别了。"说完,她又埋头在丽娜的怀里。

我收拾到最后的时候,还剩下一件南开文化棒球外套。她俩看见那件衣服,随口说了一句:"这个送给我们吧?"我沉默了片刻,决定把那件衣服赠给他们,权且当作一份纪念吧!

下午她们考完试,一出考场,便给我发来微信,说考得很好,问我走了没有。

那时候,我正在候机大厅,马上就要登机了。她俩发来穿着棒球外套的照片,一副得意扬扬的模样。出了候机厅,我又拍了一张照片,和来时的一模一样,在朋友圈里配文:Altay, I am gone!(阿勒泰,我走了!)这算是与这所边地小城,与这里热情友善的人们,与所有的学生的正式道别。

那一刻,我更加理解了那句话:用一年不长的时间,做一件终生难忘的事。一年,仿佛云烟,越是珍贵,流逝得越快。直到重新踏入南开园,我才从恍惚中走出来。原来那不是一场美梦,因为醒来之后,还能清晰记得那些面孔。回望走过的路途,它是那样丰富多彩;打量自己的周身,唯愿依旧藏着那颗初心。20 届支教团有 18 个人,除了阿勒泰,还有西藏达孜和甘肃庄浪,团聚的时候,我写了一首打油诗,题目是"归来欢聚时"。

> 藏地时光意未满,疆来甘甜更陇边。
>
> 深夜辗转梦教坛,佳期欢聚思素颜。
>
> 同聚百年庆礼典,共迎明日锦绣前。
>
> 哭乐付诸谈笑间,南园归来仍少年。

离开阿勒泰大约一周后,我们在最后一周赶着做出来的第三期《二中部落》校报，终于印刷出来了。因为我们的用心付出，每当报纸印刷出来，都会给阿勒泰地区行署和教育局送去几份，他们对我们的报纸也大加赞赏。没过多久，我们的报纸竟被乌鲁木齐的一家报社看到。森巴提的爸爸接到了一个陌生的电话，对方说是乌鲁木齐一家报社的，看到森巴提写的采访稿，十分欣赏，觉得她很有造诣和潜力，并有意邀请森巴提去乌鲁木齐学习传媒，将来做一名专业的记者。虽然最终以不愿中止高中学业为由，一家人婉言拒绝了邀请，但这也算是对这位勤奋而有天分的新疆姑娘的一种肯定。

第三期报纸出来的时候，森巴提似乎比之前两次更激动，她攒了很多张图，在朋友圈感慨了好一番。她这样写道：

　　我们的第三期，也是最后一期报纸终于出来啦，拿到之后，我又拿出前两期进行对比，眼前仿佛浮现出每一个晚自习我们在电脑前疯狂敲击键盘的身影。最初的小记者们一打下课铃，便慌着集合，手上拿着记者证和采访问题单，大课间不再是去超市，而是去采访。晚自习有时也不在班里，而是在排版。有时约不到采访老师，组长鼓舞士气说："没事，下次再来，最好的也总值得等待。"有时，任务过重，生出些小倦怠，也咬咬牙，硬着头皮写下去。笔、墨、纸，这三样物品承载着我们太多的情怀，写好的稿子圈圈改改，在纠正错误的同时也收获了写作经验。

　　常言道，兴趣是最好的老师，我们带着兴趣来到这片天地，又凭着责任感走了下去。徐行，我想这便是我的本意。前进，即使步伐缓慢，路途遥远，可是贵于坚持。在兴趣之翼的带领下，在我们最终望见不一样的天日的那一刻，我们一定是怀着爱，也面带着笑意的。感谢全全老师所教的、所做的，它们令我受益匪浅。

至今，完成我的校报工作，发此朋友圈作为纪念，这一定是我高中时代数一数二的美好记忆。

她埋怨我，为什么不在微信朋友圈发一条关于她和校报社的告别？我心底荡起波澜，回想过去一年，我遇到那么多可爱的人，那么多值得铭记的人，又该如何一一道别？莫不如留在心里，化作记忆的碎片，每当想起的时候，慢慢品味时光的回甘！

几天前的一个周末，森巴提给我发来微信消息。

她："你能不能告诉我你的生日，到时候给你寄礼物？"

我："为什么要送礼物？"

她："我觉得你帮了我很多，所以我想要报答帮助我的人。"

我："你的高考成绩就是最好的礼物。"

她："压力好大。"

我："你已经送了很多了，而且我觉得，帮助你们是我应该做的。"

她："我送了什么？"

我："你送了我支教时候的理解和支持，还有与你们毫无保留的沟通，那是我最快乐的事情，也是最值得回忆的东西。"

她："前几天，又去了你以前的办公室。那个熟悉的位置上却坐了一个陌生人，我可能有些念旧吧，不想认识新的支教老师，容易勾起回忆。"

　　我："你这就叫作 sentimental（多愁善感）。"

　　她："你在给我造词吗？哦，我翻译了。这个词好适合我，咋不是 senbatimental?"

　　senbati 是森巴提的拼音。我忍不住笑了，作为一个 95 年生人，对 "00 后" 一代的幽默与机灵，不，应该是创造力，实在叹服。最后，我还想说：嘿！新疆姑娘，未来不论去向何方，只要不忘观察、不忘感受、不忘记录，你便不会丢失眼眸中的光亮！

2019 年 10 月 12 日

南开大学

那些终生难忘的事

别了，阿勒泰

飞机起飞的时候，失重的感觉让我更加感觉空落落的。一年恍惚而过，支教的旅程真的太过短暂。尽管此时我敢拍着胸脯对自己说：我已经使出浑身解数，把能做到的一切都做了。但是，到了离别的时候，我还是想要为家乡、为阿勒泰再多做一些。她像一位母亲，永远让人想要亲近。她虽不舍，但还是放开手，让她的孩子去探索外面那个更大的世界，去见识、领略、创造生命的不凡。

阿勒泰地区二中的孩子们和我的心里都如此矛盾，我们多想在高三的最后一年彼此陪伴，一同度过，我多想见证他们走向成人，走向高考。作为一名老师，见证学生的那些重要时刻的心情，竟比自己当年的感觉还要浓烈。

然而，我还要完成人生中第二次重要的自我提升——攻读研究生学位。这里的孩子说："金金，好想你再留一年，可是对你来说又太大材小用，耽误你的前程！"

听见他们这么说，我在某些瞬间竟多次冒出过这样的念头：管他什么前程，再来一年吧！但最后，我还是难以下定决心，还是难以割舍私心，还是不能枉顾研究生的学业以及父亲、母亲和导师的期待。

"轻轻的我走了，正如我轻轻的来"，你在西北小城，我在渤海之滨，未来无论我去往何处，你都将永远在我心中。别了，"我的阿勒泰"。别了，我的家乡。

2019 年 7 月 2 日

想念阿勒泰，很深很深

回到天津的第二天，细心留意着南开大学八里台校区里的角落，但总难以提起兴致。也许是因为周围令人燥热的环境，也许是因为一年的别离，虽然我熟悉这里的每一寸土地，但自己却显得与周遭格格不入。天气热极了，但却少了阿勒泰的那种热情，乏味得似乎混沌的水一样，让人难有澄澈清凉之感。吃饭的时候也觉得没有味道，想念阿勒泰，很深很深！

想念那里的学生，活泼可爱；想念那里的老师，热情友好；想念那里的领导，和善信任；想念那里的课堂，生动活泼；想念那里的夜空，繁星闪烁；想念那里的风景，如同画卷；想念那里的山泉，清冽甘甜；想念那里的风情，民族荟萃。想念阿勒泰，很深很深！

走进外国语学院，虽已迎来暑假，二楼的阶梯教室里还有人在上着课。驻足片刻，回想起以前坐在里面学习、考试的情景，不免叹惋时光易逝。当我还沉浸在对往日的回想中，保安大叔急匆匆地过来，质询了我一番，还令我掏出证件，仔细核验，并对我说道："你要是没有什么事，也不上自习，就到外面去吧！"

暗淡的离去，无人相识的尴尬，心中不免疑惑，这可还是那个我奋斗了四年的地方？没有了往日的同窗好友，做兼职辅导员时几位熟识的老师也调去了别的学院，新来的保安大叔纵然负责细致，却只让我顿生物是人非的错落感。

　　顶着骄阳，走在路上，转念想起将至的三年读研生活，我又燃起了新的梦想。

2019 年 7 月 4 日

恋 上 喀 纳 斯

人的一生那样短暂，至少去一次喀纳斯，才会圆满！

——题记

有些地方，没去之前，充满了向往和美好的想象；身临其境，只剩下了叹服和流连忘返；离去之后，勾起了想念和无限的回味。享此殊荣的地方不多，而人间仙境喀纳斯正是这样的一处风水宝地。

睁开眼睛的时候，车窗外已经是连绵的山丘，广袤的天然草场绿茵茵的，在阳光下泛着光泽，眼睛舒服极了。细挑的云杉与西伯利亚冷杉错落分布，远远看去，十分静谧和谐。路边长满了各式各样的花草，大片盛开的花朵有红的、紫的、蓝的、黄的……这样原始而自然的草甸可谓美不胜收，令人眼花缭乱，而我的心早已飞到上面，纵情地打滚儿、跳跃、狂奔。

成群的牛羊悠然闲适，结成了草甸上形态各异的图案。这里的牛羊是不可多得的天然美味，我想这或许是上天的馈赠，试想哪里的牛羊可以吃着草本植物，喝着雪山上流下来的甘甜融水，走在积淀着黄金的河道？当地还流传着这样的说法，说这里的牛羊"吃着中草药，喝着矿泉水，走着黄金道"，在我看来这样的描述着实一点儿也不为过。

我闭上眼，想象自己化作了一只蝴蝶，在花蕊上轻盈地舞蹈，累了便吮吸花蜜，静静逗留一会儿。那一刻，我突然体会到了庄周的意趣。《庄子·齐物论》中说："昔者庄周梦为胡蝶，栩栩然胡蝶也。自喻适志与！不知周也。俄然觉，则蘧蘧然周也。不知周之梦为胡蝶与？胡蝶之梦为周与？"认真想一想，谁又知道究竟是庄周做梦变成了蝴蝶，还是蝴蝶做梦变成了庄周？当然，庄周与蝴蝶的分别不置可否，可他追求的是人与自然合而为一，达到无我之境。

还记得六年级的时候，读完简化版的《庄子》，我写了一篇作文《我喜欢的人生》。那时稚嫩与青涩的我面对诸多纷乱的思想，还无法自主控制方向。出于对道家，尤其是庄子的思想的盲目崇拜，竟然写下：我喜欢消极的人生。语文老师夸赞了我，觉得我在那个年纪思想上已经有了些深度，只是应该把消极改做积极，这样才能更坚实地走向未来。上大学之后，逐渐被社会上的潮流影响，于是那些思想上的探索便停止了。若不是去喀纳斯，我可能依然没有办法唤起那份久远而真挚的童年记忆。

一路上，听导游讲述着喀纳斯，你会被不自觉地代入到那些神奇的传说中去。

乘船来到湖上，站在甲板的栏杆前，和煦的风吹拂着脸颊，四周是泛着宝石蓝的湖水，远处环绕着茂密的原始森林，天空中一片蔚蓝。那一刻，我的心潮无比澄澈。在一幅蓝绿相间的盛大画卷中，自己是如此渺小，如此简单。

这里的每一道湾都充满了神秘的色彩，月亮湾犹如喀纳斯湖划出的一条优美的弧线，峰峦叠嶂，古木参天，"湾月"之中有两座形状似脚印的平坦小岛，当地流传着许多美好的传说。相传，那可能是西海龙王在此降服河怪时留下的脚印，可能是嫦娥在凡间找不到丈夫而被迫上天寻夫时留下的足迹，还有可能是一代天骄成吉思汗在追击敌人健步如飞时留下的脚印。听到这里，我不得不佩服当地人丰富的想象力，似乎世间所有的美好都曾眷顾过这个钟灵毓秀之地。一平如镜的卧龙湾总会令人心静如水，云雾缭绕的神仙湾在山景、湖水、树叶的相互映衬下，如梦如幻，如临仙境。

然而，待你领略完这一切，你会发现，这里的人也显得如此神秘。山上的天气阴晴不定，顶着突如其来的疾雨，走进一栋红色的小木屋。主人会提醒你，一定要左脚进门，右脚出门，这样才会带来好运。淋雨过后，阵阵凉意袭上身来，捧起一杯带着微微咸味的热奶茶，待那股暖意流过喉咙，流到肠胃，传至周身的一刻，你会感到一种由衷的幸福感。

领客人进门的那位图瓦小伙一言不发，用手势示意众人，可以先吃点东西。桌上的盘子里摆着糖果、炒麦粒，还有一种民族特色的面食。屋子里的游客越来越多，大家围坐成一圈，进门的地方留着一片空地。在众人疑惑的眼神中，他终于说话了。你若是以为图瓦人不善言谈，那便大错特错了。图瓦人从小到大需要学习各种语言，他们对"语言天才"的美誉丝毫不会排斥，否则便会显得有些过于谦虚了。

学完几句日常的问候语，一位老人走了进来。他手里拿着一件似笛子的乐器，当地人称之为"苏尔"。想要吹奏这件乐器，没有三年的工夫，是不可能的。闭上眼睛，听着似笛，似箫，似萨克斯，时而低沉暗哑，时而又舒展高亢的曲子，你会联想到喀纳斯湖上的波浪，耳畔也会响起一阵微弱的涛声。于是整个身心荡漾其中，往日的尘埃便全被冲洗掉了。

"奶疙瘩乐队"的表演最是欢腾，他们抱着油光锃亮的马头琴，精致的图瓦鼓，图瓦三弦琴，托布秀尔，现代的吉他、贝斯，手里还拿着一件小巧的民族吹奏乐器。图瓦民歌的清脆、悠扬包裹着我，强烈的节奏感一次次撼动着内心深处，感觉灵魂受到了一次洗礼。历史久远而意蕴丰富的呼麦，自如转换的大舌音，传承民族文化的担当，令每一位游人深深赞叹。歌词中对自然美景的描绘，俨然一副世外桃源的美丽图景。我多么敬佩，我多么向往，那是一种对自然怎样的崇敬，那是一种对吉祥怎样的祈祷？那种豁达，那种辽阔，那种恬淡，揉在歌声中，滋润进了心田。在众人一致的拍手声中，在热烈的气氛中，在民族与现代的交织中，歌声穿过了木屋，传到了云外。

在来的路上便被勾起了兴致，定要一睹"黑姑娘"的舞姿。《鸿雁》的旋律响起，一个年轻的图瓦小伙踏着轻盈的舞步，张着柔软的臂膀，满脸微笑地融入了进来。他肤色较深，因为生得一副比姑娘还要柔软的身躯，众人便送给了他"黑姑娘"的赞誉。舞蹈是高于生活的艺术，但从他的舞姿中，你又能切身体会到那些日常的场景。随着节奏，或明快，或徐缓，他自如灵活地跃动着，升起又落下，如同旭日东升，如同夕阳西下，周而复始。正如先秦《卿云歌》所说："日月有常，星辰有行。"屋外的雨停了，走出门，何不随人群一同舞蹈呢！在跳动中启程，去往旅途的下一站。

登 1068 级石阶，便到了哈拉开特山上的观鱼台。在海拔 2 千米的山上眺望，整个喀纳斯的湖光山色一览无余，尽收眼底。环视一周，我终归还是忍不住叹服："好美啊！"下山的时候，在小路的边上停下脚步，蹲在丛生的小草边，静静欣赏着五颜六色的花朵。用微距镜头拍下一朵小花，放大后，你会发现其中构造是那样的精致。作为丝毫不起眼的装点，它却那样认真地开放着。"苔花如米小，也学牡丹开"，喀纳斯的美，不单在山水之间，更在一花一叶，因为那也是一个世界。

在淅淅沥沥的小雨中，乘车返回中转站，到神仙湾、卧龙湾、月亮湾的时候，游人都会下车，再度领略一番这里的美景。最后，走到"圣泉"边上，洗洗双手，恋恋不舍地挥别这个梦中的地方。

到车站后，换车前往禾木村。雨后的山间雾气弥漫，穿行在其中，总有一种缥缈的感觉。在夕阳的照耀下，远处的山头上架起了一道彩虹。蜿蜒曲折的盘山公路不免让人有些晕头转向，到村庄的时候，夜色渐浓，昏黄的路灯照着古朴的木屋，阡陌纵横，四处散发着乡野的气息。甚至吃饭的时候，饭菜中也有不少蒲公英之类的野菜，让人颇感新奇。夜里，木屋中有些湿潮，但不知为何，我睡得很沉很香。破晓时分，登上西边的小山，你能看到禾木村的日出奇景。雾气缭绕，云蒸霞蔚，低山、古树、木屋、野草都笼罩在云雾之下，一切都显得那样和谐而静谧。

喀纳斯归来，整个人轻快了许多。或许欣赏美景的愉悦感会逐渐变淡，然而身心经受过荡涤，却会因为那些强烈的冲击而留下永不磨灭的痕迹。

2019 年 9 月 4 日

南开大学

由校庆想去

2018 年 9 月 28 日，这一天对于我们的支教地阿勒泰地区第二高级中学来说，是极其不平凡的一天，二中迎来了建校 60 周年华诞。60 年对于一所边地学校来说意味着什么，我想也许没有一个人可以说得清楚。

校庆前的几天，我整理了上百条来自全国各地的贺信，从每一封贺信中截取了二三十字，准备做成条幅，挂在教学楼前。之后又帮着整理校史馆的资料，做校志和画册的收尾工作，发请柬，准备给嘉宾的礼品……每天的工作状态忙碌却也有序，校庆当天凌晨 3 点，我们终于确定了校庆所有的事宜，在倦怠中回到了教工宿舍。

第二天，我一出门，便看见学生夹道排起的长队，他们每个人的脸上都洋溢着笑容。那种荣幸之至的感觉，那种发自心底的欣喜，令人羡慕极了。有几个学生跟我说："我们真是幸运的一届学生，恰好遇到了 60 年校庆。"

学生中间的水泥路上铺着鲜红的地毯，明艳的色彩显得肃穆而富有气氛，每个老师都佩戴着一枚胸花。那种配饰常常在婚礼上看见，走红毯的老师两两结对，更有几对夫妻教师，于所有老师而言，他们似乎徜徉在一股时光逆流中，得以重温往日金色的年华。学生为各自的老师高声欢呼，老师们向学生招手，面色中透露着无尽的喜悦。那一刻，在 60 年校庆的红毯仪式上，所有最基层的教职员工深深感受到最大的尊敬，也对身上的责任和职业的崇高多了一分理解。

莫伦波校长在红毯的尽头与老师们一一握手，抬头看见南开大学的王巍老师的时候，我一个箭步冲上去，紧紧握住了他的手。过去两个月积累的疲惫感在那一刻得到了彻底的释放，那种亲切感与过年回家见到家人时的一样。激动的心怦怦地跳，眼眶一下变得湿润，我迫不及待地想跟他说说那些攒了许久的话，想告诉他，我们真的用尽了全力，没有辜负临行前他的嘱托，也丝毫没有违背自己的初心。

来阿勒泰地区二中支教，对我来说具有特殊的意义。我来自阿勒泰地区北屯市 183 团 9 连，我家距离支教学校只有一百多千米。故而，这趟回乡支教对我而言多了一份对家乡的牵挂和眷念。在西北边陲十余年的求学之路，让我对这里的山川草木、风土人情有着深刻的理解和感情。

临近大三结束的时候，我参加了南开大学研究生支教团的选拔。那时王巍老师向学院的老师了解我的情况，我便坚定而真诚地向学院的老师吐露了重返家乡支教的心声。最终，带着外界的几分疑虑，我以第 18 顺位，也就是最后一个名额，进入支教团。但这对我来说，并非一次打击，而是我回馈家乡的宝贵机会。

我怀着迫切的心情，渴望为那一双双充满求知欲望的眼睛带去不一样的色彩。我知道，那里的学生同幼年的我一样，对外面的世界充满了向往，多希望可以走出去，看看这个世界是多么的斑斓，多么的精彩！

除了自我的敦促，还有一份承诺总能让我保持源源不断的动力。2018 年的毕业作品展上，在向校长介绍的时候，我曾骄傲地说："毕业后，我将回到家乡开展一年的支教工作，我也会把诗歌带给那里的孩子，让他们也保持内心的宁静和生活的热情。"校长和我握了手，并对我说："祝你的支教生活一切顺利！"

在支教地，我成立了"克兰诗社"，还请学美术的学生设计了一个别致的社徽。"克兰"二字变形而来的鹰的图案寓意在诗歌天地中自由翱翔，寻觅心灵的释放，外圈的摩斯密码是英文单词POEM（诗）。跟学生的七次诗歌交流，为我们彼此搭建了一道桥梁，也引导着他们换个视角看待这个美好的世界。最后一次活动中，我送给他们每人一本诗集，扉页上写着鼓舞他们坚持诗歌写作的寄语，并告诉他们："我完成了向我们南开大学校长的承诺，希望诗歌可以永远陪伴着你们。"

王巍老师是专程赶来参加二中60年校庆的，第二天下午便要匆匆回去，南开大学那边的事务繁多，他也实在抽不开身。支教团的每个人似乎都跟王老师关系很好，与人交心的言谈，雷厉风行的举止，让他散发着一种令人亲近的独特气质。而他的这份气质正源于2000年至2001年的那段支教经历，作为南开大学第二届研究生支教团的成员，那时的王老师同二十二三岁的我们一样，在自己最珍贵的年岁里，他毅然奔赴甘肃的一所初级中学，做了属于他的那件终生难忘的事。

回味起那段支教岁月，王老师总是微笑着，似乎心间流淌着蜜糖。他说，他一年之中教过物理，教过英语，教过历史，还教过体育，最多的时候一天八九节课，从早站到晚，累得连饭都不吃便睡觉了。

其实，临行前，王老师本该给我们讲一些冷冰冰的规定和注意事项，但这样切身的体会却更让我们意识到自己的担当。同时，我们也明白了，支教团是一个光荣的群体，绝不容许任何人的亵渎。一代代的南开支教人传承着这样的初心，从甘肃走到了新疆阿勒泰，又走到了西藏达孜，教育扶贫的路也越走越宽广。

今天的支教地工作、生活环境比王巍老师那时的已经改善了许多，想到他可以做那么多工作，为何我不可以？自那之后，当高一年级七个班级的研究性学习课、高二的英语课、《二中部落》校报社和"克兰诗社"的工作、党政办公室的新闻宣传及其他事务性工作纷纷向我涌来的时候，我也学着王老师那样，丝毫没有抱怨过，只想着为家乡的教育事业多做些力所能及的事情。

校庆大会结束后，文艺汇演如约而至，民族舞蹈、学生乐队表演、男女独唱、情景话剧、叙事话剧等一系列精彩的节目，引得在场的几百位嘉宾交口称赞。两位在学校工作多年的老师表演的《二中的故事》，回顾了二中 60 年的办学历程，从一所名不见经传的边陲学校到如今创建成自治区示范性高级中学，其间蜕变的波折与艰辛，几代二中人执着的坚守，令许多退休教师潸然泪下。我的心中夹杂着酸涩滋味与钦佩之情，一时间想不起来任何辞藻来形容那种复杂的心绪。

待送走了嘉宾，晚上我们终于有时间能跟王巍老师坐在一起，聊聊来到阿勒泰这些天的心事，初为人师的局促与适应以及那份共同的支教体会。我记得那晚我们聊了许多事，一直到凌晨才散场。

第二天上午，王老师听了三节团友们上的课。听我的英语课的时候，我心中有些许的激动，但保持着已然练就的从容淡定。学生们似乎很有眼力，看到有人来听课，便会表现得比往日更加专注与认真。大半个月前，阿勒泰日报社的记者来采访，计划推出一期有关教师节的节目。那次我被推为采访对象，在教室里拍摄上课情景的时候，学生们也是同样的投入。不论如何，看见学生这样的学习劲头，看到他们求知的模样，作为一名老师，心底会不由自主地泛起喜悦。

我跟团里的另一位老师"老谭"陪着王巍老师又听了一节课，之后一起去了我们住的宿舍。看过我们的住宿环境，王老师感到很放心。中午我们在食堂吃过午饭，王老师就要回天津了。送他去机场的车只能再多坐三个人，我跟剩下的几个团友在马路上拦了一辆出租车，紧赶着到了机场。王老师马上就要过安检了，看见我们来了，他跟每一个人都紧紧地拥抱了一下，稍用力地拍了两下我们的脊背，并轻声地说："我在学校等待你们凯旋！"

大约半个月后，二中召开了校庆表彰大会，我和团长上台领取了突出贡献荣誉证书。那天莫伦波校长很高兴，特意夸赞了我们的工作。站在台上，望着台下二百多位老师，我的心情和那些学生一样，遇上二中60年校庆是何其幸运的一件事啊！

2019年7月3日，南开大学第20届研究生支教团顺利而圆满完成支教任务，重新踏入阔别一年的南开园。跟第21届成员交流的时候，每个人都焕发着别样的神采，这一年的支教让团里的每一个人都经历了一次蜕变。有了这样的一份人生经验，我想，我们不单能快速适应从老师向一名研究生的身份转变，更能在今后的学术与职业生涯中走得坚定、走得稳健。

去楼下拍合影前，支教团的负责老师杨蕊跟我们说，待会儿有个惊喜。一走出学生活动中心，我第一个看到王巍老师，便欢欣地迎上去。他和我紧紧地拥抱了一下，稍用力地拍了两下我的脊背。

2019 年 10 月 17 日，南开大学将迎来建校 100 周年校庆。这将是一场注定被铭记的盛会，一个属于全球南开人的节日。我又是多么幸运，能够亲眼见证她迈过一百年的荣耀时刻。接下来的三年里，不知又有多少挑战，多少感触，但不管怎么样，我想如南开大学开启的新纪元一样，在新的征程上，一切重新出发吧！

2019 年 10 月 3 日

南开大学

"中国雪都"阿勒泰

2018 年 11 月 27 日，凛冬时节的阿勒泰地上的积雪很厚，早上六点半，天色依旧一片漆黑。

我轻轻地起床，梳洗过后，穿上厚厚的羽绒服，往学校大门走去。冷飕飕的冬风直往脖子里钻，每吸一次气，鼻子便感觉被冻上，呼气的时候再艰难挣开。夜里才下的粉雪松软极了，踩在上面毫无感觉。若是走得稍快一些，它还会被走路的微风扬起，追随着脚后跟好一段距离。我喜欢重重地踏着脚步，满地雪花如同人间四月桃树的落花，轻盈地跃起，轻盈地落下，待我走过，只留下一行巨人的脚印。在大门前等了一会儿，终于坐上地区团委的一个姐姐的便车，到了金都酒店。

走进会场，巨大的银屏上蓝白色交融，前景中滑雪爱好者纵情驰骋的英姿分外醒目，背景是相对原始的村落，几幢木屋并排而立，远处高耸入云的皑皑雪山与蔚蓝的天空镶嵌在一起。标题处有几行白色的文字：2018 年第十三届新疆冬季旅游产业交易博览会开幕式。

那天来了许多人，自治区以及地区的领导、全国各大媒体的体育记者、旅行社、旅游局、自驾游团体、冰雪旅游体验团等，大约五六百人。而与我有关的是四个外国人，其中一个是瑞士国家旅游局中国北京办事处华北区经理白松德。还有三个乌克兰人，他们是滑雪的高手，平时主要在北京教学员滑雪，作为这次盛会的特邀嘉宾，来此交流经验。我被临时借调一天，做他们的随行翻译。

开幕式上先是一系列的讲话和签约仪式，接着是很多嘉宾的分享。白松德也要做一篇演讲——《阿尔卑斯冰雪旅游发展之路》，他一张嘴，我顿时震惊了。流利的普通话，清晰准确的吐字，如果不看他的脸庞，还以为是个中国人在侃侃而谈。那一刻，我觉得我对他们似乎没有什么意义了。后来，经过交谈方才知悉，白松德已经来中国工作十年了，他的妻子是中国人。

中国滑雪史上第一位世界冠军郭丹丹《越刺激，越挑战，我的阿尔泰山滑雪体验》的演讲与之前几个风格迥异，听完她的分享，你不由得生出一种冲动，恨不能立刻登上那看起来十分陡峭的雪道，在 S 形转弯中自如畅快地体验其中乐趣。

大约半个月之后，我和团友们一起去了阿勒泰将军山滑雪场，那是我第一次滑雪。不知哪里来的勇气，跟着大家贸然地登上山腰，踩上雪橇径直向山下冲去。到半山腰的地方，我想试着刹车，不料速度太快，脚下失去控制，整个人翻转了两圈，侧翻在了雪道上。那天一下午，我摔了五次，之后我便再也没有摔过一次，总算把理论变成了实践后的真知。滑雪会给人一种飞翔的感觉，身体似乎失去了重量，轻飘飘的，如同风筝，但那根细线却由自己紧紧抓着。我对这样自如的控制感有些上瘾，尽管天气严寒，也挡不住我沉重的脚步，一趟又一趟向山上走去。

站在 12 月的将军山上，向远处极目眺望，连绵的山盖着厚厚的白色绒毯，晴日之下的雪坡闪着晶莹的光芒，耀眼而夺目。近处是几道钢丝绳，开放式的缆车在上面来来往往。一处位置醒目的山头上立着几个红色的大字：人类滑雪起源地。看到这几个字，也许你会心生疑问：这是真的吗，还是吸引游客的噱头？

中国首位国内滑雪比赛冠军、中国大众滑雪冰雪文化专业委员会主任单兆鉴做分享的时候，对此专门做了说明。经过13年的艰苦研究，12年不懈的推介，2006年1月16日，阿勒泰正式宣布"中国新疆阿勒泰是人类滑雪最早发源地"。得到吉尼斯认证之后，国内外专家的赞誉之声四起，歌颂阿勒泰为"人类滑雪太阳最先升起的地方""人类滑雪的摇篮""国际滑雪文化的源头"。随着阿勒泰声名鹊起，慕名而来的内地人越来越多，滑雪起源的故事或沦为游客们饭后的谈资，或淹没在沉醉于滑雪之中的人们的呼喊声中。

在阿勒泰市汗德尕特乡敦德布拉克发现的距今上万年的滑雪岩画，还有那些滑雪狩猎的场景，也许少有人目睹，但他们将永远定格着一万多年的时光，叙说着那些曾经生活在阿勒泰的先民们的历史。

中场休息的时候，我和会场的总负责人聊了一会儿。我那天早上才认识她，当时她见我穿着志愿者的衣服，便叫我扶正几个贴歪的座签。我一边做，一边跟她说，我是阿勒泰地区第二高级中学的英语支教老师，来做外宾的翻译。她说，看我的样子，感觉还很小，全然不像一个大学毕业生。她说话十分利落，安排工作时也显得很是干练，有一种职场高级白领的感觉。

她问我："哪个大学毕业的？"

"南开大学"，我颇为自豪地答道。

"那为什么来阿勒泰支教呢？"

"其实，我就是阿勒泰地区的，在这里生活过十几年，所以这算是回家乡支教。"

"南开好啊，我当时考研的时候，报的工商管理，也想去这所大学，但是录取分数太高了，最后去了北京工商大学。"她说这话的时候，语气中夹杂着些许的遗憾。

"但是北京的资源多啊，尤其是实习和工作的机会，现在你不是做得很好吗？"我鼓励道，"今天的活动是你们主办的吗？"

"对，这是中青旅承办的，我们前两天专门从北京飞过来，办完这个活动，明天下午又要飞回北京，接着还要去济南。"

"你们这么忙啊？"

她笑了笑，"你将来想做什么工作？"

"我想做文化传播、文化创意之类的工作。"

"跟我们的工作范畴差不多嘛，其实除了忙碌和经常出差之外，我们会有很多机会去不同的地方，去见识一个更大的世界。"

当然，谁的工作都不可能顺风顺水，她说她有时也会抱怨，有的人并不比自己努力，却可以得到公司发给员工的落户北京的名额。但她并不会过多纠结这些烦恼，趁着零散的时间，她都会打开微信读书，读上几页。她说文字会让自己静下来，并且不断保持学习的欲望。靠着吃饭时、睡觉前挤出的时间，她一年可以读完好几部小说。她说，下午她还要负责招待嘉宾的晚宴，又有一番琐事忙活了，晚上的时候这个会场将会是另一番模样。加了微信后，她又忙着招呼别的事去了。

上午的活动结束后，我负责陪同四位外宾。吃过一顿简单的自助餐后，我们乘车一同去了桦林公园。进门处的小广场上响着欢快的音乐，十几个哈萨克族人正表演着独特的民族舞蹈，吸引了许多人驻足观看。

一边走，我一边给他们介绍桦林公园，走在木栈道上，白松德显得十分欣喜。他觉得踩在松软的雪上，幸福感会油然而生，而对于常年定居于北京的他来说，却少有机会可以见到这样熟悉的雪地。其实除了阿勒泰，中国似乎找不出第二个可以媲美阿尔卑斯山的地方了。他略显激动地说："我想起我的家乡了！"

白松德生在瑞士阿尔卑斯山脚下的一个村庄，从 7 岁就开始滑雪，但他告诉我，他其实并不特别擅长滑雪。闲聊之中，我告诉他，我是一个支教的老师，教高中英语，一年之后还要回到天津南开大学读研究生。谈起教育，白松德起了兴趣。他对中国的英语教育十分赞叹，但对于许多学生每天都被作业压得喘不过气，他很不理解，所以他把自己的孩子送到北京的一所国际学校读小学，希望可以减轻一些负担和压力。我们聊着中国和瑞士的教育情况，对语言的学习、考试的安排、教授的方法等方面做了对比，但最终还是归结于现实条件与发展状况的约束。

离开桦林公园，前往阿勒泰体育馆的路上，白松德取出电脑，安排了一下晚上的事情，便收了起来。我随口一问，他告诉我，晚上十点安排了 MBA 的在线课程，回到酒店后还要学习。白松德在车上一共看了三次手机，每次都不超过一分钟。一路上有不少记者想加他微信，每次他都十分谦恭地回答："我没有微信，如果有事需要联系，请给我发邮件。"说着，便递给对方一张名片。在多数人眼中，微信已经是现代生活不可或缺的软件，为什么他能如此泰然？他跟我说："有了微信，就没有了生活，每天只会淹没在无休止的消息中，所以就卸载了。"

其实，许多人早已模糊了工作和生活的界线。为现代生活提供便利的同时，微信也侵占了我们大多数的注意力。当虚拟多了，当遥远的沟通多了，那么真实就少了，距离也逐渐疏远了。

同行的另一个外国人贝克，是个酷爱滑雪的人。下午出发前，他便好奇地四处询问："我们要去野雪公园吗？今天去吗，还是明天？"野雪公园在克兰大峡谷北部，距离阿勒泰市区二十多千米，那时候滑雪场才投入运营将近两年，但因为得天独厚的粉雪资源而备受滑雪发烧友们的追捧，早已名声在外。粉雪含水量极低，不太容易团成雪球，这样的雪质却最适合滑雪。后来得知这趟行程可能没有时间去了，贝克面色中明显透露着失望。

那天，阿勒泰体育馆的门内摆着一对仿制的毛皮滑雪板，自然看不出旧石器时代晚期的古朴，但那些发亮的皮毛还是能牵引着你的思绪，遥想起古代阿尔泰山居民狩猎时的迅疾身影和激烈场面。体育馆内被分成一个个通道，其间布置如同喧闹的街市，每个格子间都装点得与众不同，这是雪都难得一见的旅游产品博览会。驼绒丝巾、刺绣衣物、软陶摆件、石器饰品等文创产品琳琅满目，饱满而光滑的马肠子一根便能卷成一座小山，原汁原味的沙棘、醇香馥郁的奶制品、纹理细密的肉干……逛完这样的集会，你一定会毫不犹豫地摒弃新疆贫瘠的猜想，留下物产丰饶的深刻印象。透过这些富有民族特色的产品，你不仅可以感受独特的民族韵味，更可以了解西域雪原的民俗文化。你可不要小瞧这些产品，一来是它们的纯天然的品质，二来这些产品背后都有一支专业团队，不少东西更是早已被带出国门，在丝绸之路沿线国家的展览会上大放异彩。

白松德特地品尝了驼奶酒和一种十分酥脆的馕，在与热情的摊主之间的几句攀谈中赞不绝口。贝克和另一个小伙买了一瓶烈酒，上面印着一些俄文，似乎是从哈萨克斯坦运过来的。没想到那个看起来十分秀气的小伙，竟是个迷恋酒的人。谈起伏特加、龙舌兰、朗姆酒和白兰地的滋味，他有种如数家珍的感觉，整个人也从沉默的状态变得十分健谈，只是十分不解龙舌兰这样的中文翻译和 Tequila 究竟有何关联。他边说边喝上一小口，等我们离开的时候，就只剩下半瓶酒了。唯一的乌克兰姑娘买了一双驼绒手套，从她那灿烂的笑容中，我便可以感受那双手套的温暖了。

最后一站是将军山滑雪场，到那里没过一会儿，天就黑了。售票大厅里依然人来人往，十分热闹。租赁雪具的几个年轻男子十分娴熟地为租客们拿齐滑雪板、滑雪杆、滑雪鞋、护目镜和安全帽，他们似乎急着去干什么。据说这里的滑雪票价还保持着全国最低的水平，当地政府为了吸引外地游客，甚至可以免除三天的门票。酒店、接送、餐食各种安排更是周到，似乎把游客当成了外地的亲戚。专业的教练会四处闲逛，若是你第一次滑雪，请个教练会让你少摔好几个跟头。那时候，阿勒泰为了表达喜迎北京冬奥会的心情，营造冰雪运动的浓厚氛围，小学生们的体育课都变成了滑雪课。阿勒泰的孩子们对滑雪有着不一般的热情，我的许多学生邀请我周末和他们一起去，还扬言要把我教得和他们一样厉害。

虽然滑雪场夜间也开放，但我们五个人都有些疲惫，四处看看之后，便打算返程了。贝克望着雪道，似乎十分不甘心。坐在回去的车上，大家已经有些饿了。我跟他们谈起当地的食物，肚子咕咕叫的声音便更大了。

在暮色中，我们钻进金都酒店，之前的会场摆满了圆桌。从桌上摆放齐整的餐巾便可以看出，那个总负责人一定花了不少力气。那几个外宾坐在靠近舞台的位置，我和几个自驾游体验团的大叔挤在一桌，他们来自天南海北，口音各异。嗓门洪亮，圆滑世故，最能形容这些南来北往的游人。

贝克发来微信，"你不跟我们一起吃吗？"

"不了，我一会儿就走了。"

"Thanks a lot, bro!"（多谢，兄弟！）

其实，曾经遇到过许多这样的场景，没有来得及好好告别，便与生命中的过客匆匆擦肩而过。但是，如若我们在相逢的时刻里，曾经坦诚相对，告别也不过是多加一个句号。

那天的晚宴，特地安排了阿勒泰歌舞团的表演，哈萨克族舞蹈、民族器乐合奏、男女对唱……最令人印象深刻的是哈萨克族人迎接尊贵客人的恰秀仪式，两三个哈萨克族妇女用方巾兜着方块糖、水果糖、奶疙瘩之类的食品，挨个地撒到客人们的桌子上。大家争抢着糖果，分享着这份别样的欢乐和好运。

晚上十点半，我得赶回学校了。走到路边，拦了一辆出租车，我又消失在了夜色里。

夜里下了一场雪，盖住了昨日的脚印。我又走上讲台，与我的学生们坦诚相对。

2019 年 10 月 8 日 21:13

南开大学外国语学院

一封来自高二（5）班的离别信

时光雕刻着回忆，岁月沉淀了情感，因为曾经感动，所以难以忘怀。又是一年离别，给时光一份浅浅的回眸，给金金老师一份甜甜的回忆。

——致金金

一

"岁月为我大浪淘沙，而你被留下。"

你，是什么样的？

你好生动，饱满的七情六欲，柔软干净的内里，是一颗热情的杧果。

又温情又努力，严肃地讲出："我不会放弃任何一个学生。"就像你说的一样，你永远在努力着。在每个认真备课的夜晚，在熬夜出月考试卷的时候，是什么引起了你的诗兴？

幽默是你的代名词，想起每次考完试，你总是骄傲地讲："我猜题真准，这些单词都是我前几天讲过的。"阳光照着你，世界好大，又好小。

你有你的故事，不是安和桥，也不想去成都走一走。

希望你能成为一颗明亮的星，要当黑白默片中跳跃的彩色噪点，没有旋转的彩色线条，映入眼帘就能闪耀。希望你成为世界的另一面。

你真好，愿七月的风也眷顾你。离别这一天来得真快啊！希望你能快乐又坚强，敏感又坚定。你永远都是你，永远都不要变。在 2019 年的 7 月，有多少个热忱的心在爱你啊。

我们要当怎样的一本书呢？世间的好书千千万，那我们就是最美的那本书，讲着最动人的故事。

二

"命运设下重重关卡，我们依然潇洒。"

还记得吗？你初到我们班时提的帆布包，你最喜欢的电影《一天》，你羞涩地放映着你曾经写的诗，你讲述的大学生活，你的"离别"演讲，还有你为我们题的字。

还记得吗？我们的"体操小王子"，我们上的电视台采访，我们寒假作业里《致学生的一封信》，我们半途而废的英语演讲，我们一起参加的足球赛和跳绳比赛，还有周报上跳芭蕾舞的男孩子。

还记得吗？丽娜和你在食堂的相遇，小锐写不完的你复印的作业，小豪的演讲，卡迪第一次跟你打的招呼，还有畅畅给你的那颗甜甜的小熊软糖。

一切的一切，就像《精美的诗歌》里面金色的字体，不加修饰的明亮。

愿你炽热地爱着。

三

"我们并非单枪匹马，世界那么大。"

是什么托起了你的行囊，令你坚强的身躯散发光芒？你来到陌生的远方，因为你说愿意做一抹朝阳。你打开了一扇窗，窗外是千千万孩子的脸庞。大海沧沧，大路茫茫，生命何其张扬。红桃芬芳，绿草清香，生活充满希望。花朵总会凋亡，离别总会感伤，愿你能用一束光，掀动起滔天的大浪。

梦 回 阿 勒 泰

站上低矮的骆驼峰，
整座小城钻入眼中。
我一瞥便看穿了这里的一生，
却甘愿永远静静躺在她的怀中，
做着一个一年又一年不醒的梦！

2019 年 10 月 15 日

第二部分

迷失诗歌的七年岁月

献给我的父亲母亲

献给影响过我的诗人们

献给平凡的世界里热爱诗歌、坚持写诗的人们

—— 懵 懂 ——

懵懂处女座

回眸那一瞬，
定格我心中不变的依恋。
憧憬着共邀明月的甜蜜，
想象着同度岁月的美好，
不经意间流露一浅微笑。

漫随天际，想与你看云卷云舒，
闲坐庭前，想与你赏花开花落。
携起手，朝着天荒和地久，
合拢心，为了自由与温馨。

追寻心中隐藏的朦胧，

释放脑海酝酿的执着，
表达生命幸福的想念，
唯余热忱与向往，再回首

那抹倩影又印入我的眼眸！

2013 年 1 月 7 日
为同窗代写的情诗

鼓浪屿——我梦中的地方

圆沙洲是你过去的芳名，
海潮雕琢着你如今的姓。
鹭江的波涛隔不断的思念，
是我对你永远无悔的誓言。

你是钢琴岛，
任由海浪拍打着日光岩；
你是音乐乡，
唯凭和风吹拂着皓月园。

你可曾记得那群强盗，
蹂躏着磨去了棱角——我的海岛。
你可曾记得那场枪炮，
遥望着毁灭了同僚——我的浯洲。

你是炽目艳丽的花丛，
爱你的古典，慕你的浪漫。
你是绚丽闪耀的庄园，
欣你的富饶，赏你的高挑。

那是牵你手的地方，

那是入你梦的情场。

鼓浪屿，鼓浪屿！

我梦中的地方！

2013 年 9 月 3 日

新疆乌鲁木齐市第 23 中学

栀 子 花 —— 致 一 位 姑 娘

巷头的你，
如今穿梭于人流的身影，
没有过往，抛却希望。
现实改变了我们的模样。

嗅过的清风依然吹拂，
踏遍的地方不再向往。
记忆里心爱的姑娘，
我本想与你一同闯四方。

待到栀子花开，
你能否依稀闻见迷人芬芳。
忆起从前，
两人欢笑和玩赏的霞光。

多么想一直携着你的手，
厄运也拭不去坚守。
因为爱，
每分每秒都流淌过心头。

心生遗恨的占有，
现实最终吞噬了咎由。

山峰依旧高，信念不再有，
碎梦是心灵撒谎的理由。

我愿依旧忠于誓言，
胆怯奔跑于世俗的追逐。
只要有梦的手，
我就能时刻回转岁月车头，
点亮你如今晦暗的眼眸。

2014 年 4 月 27 日

边走边作

晚霞绚，人未散，
耕稼田间迎光满。
花蝴蝶，逐光晚，
嫩枝疏叶白杨边。
西山畔，彤光艳，
哪闻水声细潺潺？
铁塔间，落日圆，
垂柳散完刺眼斑。
暮暑风，拂朱颜，
夜色渐浓盼月弯。
不待朝霞起，
我准以笑还！

2014 年 7 月 3 日

为勉励好友而作

回忆里的仰望多么悠闲，
看不见被撑起的温与暖。
岁月流云倏尔消散，
如今矮人群中的你，
举着天空，却不习惯。

2014 年 10 月 30 日

—— 迷　途 ——

写在路上

一

赶着夏末衰败的骄阳，仆仆而行，
苍穹的蓬头垢面，
貌似掩住了流云漫天，
轻拂几阵游勇般热浪，袭脸。

葱茏的油绿叶渐渐褪去了浓妆，
瘦骨嶙峋地清晰了纹理和枯干。
引河畔的浮萍依然难免于暗淡，
满眼唯望见繁华落尽细水落浅。

影只形单留存住霓虹光满面，
昏暗的人行道上犹涟漪忽闪，
离乡的脚步牵着异地的孤单，
溅起的积水，湿透的裤腿，我的想念！

拉着行李走到东门前，
明知道早无旅馆空闲，只想
先看看我为之奋斗的学术殿，
我青春飞扬与挥洒的梦之巅。

托过沉重，带着冗杂，如释重负，
意足心满地挤进路边客栈。
惯了西北的粗犷，
津地的细雨也难清凉劳顿的身板。

熙攘人群中，
我顺着清晨的凉爽而行；
古朴南开园，
我赏着醉人的风景而停。

二

近秋的萧瑟肃杀着垂柳柏树，
高远的天空明亮着校钟石柱，
麦黄颜色衬得主楼愈发拔挺，
几片摇曳落叶又映深了碑铭。

马蹄湖央的总理像依旧慈祥，
敬业场上的老校长面容沧桑，
范孙楼旁，伯苓楼上，
峥嵘岁月在铭记中缓缓流淌。

也叹商学巨楼，经院高层，
省身建筑擎起南开脊梁。
图书馆藏，东方艺廊，
倒映于新开柔波微漾。

十年劫难纪念之八角雕塑，
永远流着南开人的群情愫。
八载颠沛流离之厚重石碑，
亘古镌下南开人的赤胆威。

三

赶着冷清时候的书声，
浸润心灵，同鸟鸣共练记性。
伴着迟暮时分的通明，
意志坚定，与夜莺邀月揽星。

青年声，观四季轮回，斗转星移。
栋梁者，顾国运前途，民族希冀。
学科风采终将洒向祖国大地，
人文情怀且已惠及南北荒僻。

任冬日寒风冷厉，

不曾畏缩，愿留蹀步之足迹。

凭腊月干燥萎靡，

不曾沉寂，愿映白雪之光隙。

四

北风卷地，沙尘飞扬，

模糊中显出南开园的雄壮。

行道树为你招摇，

连昏暗的街灯也露出害羞模样。

轰鸣滚滚，闪电阵阵，

趁着路灯昏黄柔光，

静静伫立窗前，

斜雨沥沥，冷风凄凄。

窗棂的模糊印迹留恋着水渍，

近处的新绿也尝了涩涩泪滴。

桃花、海棠、红梅竞相开放，

等待着妖艳后重归满绿模样。

还记得吗？

主楼后的那片竹林依然葱翠，

新体前的那片白杨依然挺拔，

马蹄湖中的莲儿等待着立夏，

正静静地发芽……

赶着夏初温和的暖阳，仆仆而行，
没有流云，
没有热浪，
我却一直在路上。

2015 年 4 月 22 日

春天的梦

初春时候，
那棵老树吐出新绿。
零落枝条仿佛裹着，
绒绒柔絮，斑斑点点，
那片小草低声细语。
厌倦了杨柳的傲慢与吹嘘，
妄图一决高下，摇摆身躯。
那盎然生机是寒冬的积蓄，
那温润蓬勃是三月的期许，
树后的旧房在春风中沐浴，
意欲抖落陈年的倦容唏嘘。
衬着满地的葱茏重新孕育，
老树、旧房、新绿，
再也耐不住寂寞，拾此机遇，
定要酣畅淋漓，肆意欢愉。
路过的轻履，踏着——
轻盈的土墟，
久久驻足，静静思虑。
那是春天的梦！
那是春天的梦！

2016 年 3 月 24 日
为南开大学北村旁的英桐所作

遇 见 最 好 的 你

花样年华里，
静好岁月里，
你漫步湖畔，亭亭玉立。
遇见你的迎风青丝，如云飘逸；
双瞳剪水，眉黛青鬈。
秀气的你，知性的你，
春华秋月勾勒出林下风气，
娟好静秀描绘出心旷神怡。

春光明媚里，
花香鸟语里，
你驻足浅堤，风光旖旎。
瞥见你的齿白唇红，楚腰纤细；
袅袅婷婷，胜兰吹气。
清丽的你，淡雅的你，
玲珑娇小带着些靡颜腻理，
娇花弱柳兰质蕙心总相宜。

2016 年 3 月 31 日

劝 说

我们已经容颜凋敝，
本该弥留于相偎相依。
我曾幻想与你的天涯浪迹。
去吧！如果你毅然将我抛弃！

最终等来你果断的分散，
我像大地一般变得黯淡，
少了我的滋养，你可能灿烂？
去吧！如果你毅然将我抛弃！

曾经我将最美好的青春交付于你，
希望换来永恒的天真和甜蜜。
我也知晓岁月的无情本无道理。
去吧！如果你毅然将我抛弃！

记忆里，我将永存你的美丽，
如同莎士比亚对夏日的比拟。
难掩回首的痛楚，唯有扼腕惋惜！
去吧！既然你毅然将我抛弃！

2016 年 6 月 10 日

一片秋叶

雨伞上嘀嗒响着，
如同节奏凌乱的交响曲，
身旁倾斜的雨线撩拨着衣袖，
还有那皱皱巴巴的裤脚。
鞋上的雨渍裹挟着石子，
低探着头却又无比晶莹。
岔路口的老树葱茏繁盛，
深秋的雾气也掸不落纤尘，
遮掩起曾经的婀娜娇态，
故作沧桑颓圮。
零落的细枝被砸落在地，
徒然感伤昔日峥嵘茂密。
任时光蹉跎，难抵碾作红尘；
岁月如歌，不过冷落姿色。
凋残的秋叶看穿了人世，
只想繁华落尽，洗尽铅华，
人们却伤感你的落寞萧瑟。
你从不在乎冷眼与睥睨，
也想不乏底气地屹立，
怎想招惹几多嫌弃怀疑？
浸湿的周身也许难耐秋意，

可蜕变从来都少不了磨砺。
你可愿冷风吹遍，雪地埋藏，
四方混迹；你可愿浸出汁液，
淡然依旧，细梳纹理？
你是一片注定流浪的飘叶，
无须记挂家的方向。
也许顺着溪水漂流，
也许随着微风飘荡，虽然不知——
下一刻将在何处短暂休憩，
可你已准备好——
随意长眠于一片泥土里，
无论肥沃，无论贫瘠，
因为你，不过一片秋叶。

2016 年 10 月 28 日

遥寄高中母校乌鲁木齐市第 23 中学

江河浸润膏土沃，馥郁书香琅琅声。
旦暮园丁呵护盾，春秋嫩种簇花藤。
珍珠遍散茫戈壁，外傅咸淘疾漠风。
民汉同胞齐聚地，团结奋斗共圆梦。

2016 年 11 月 13 日

我 的 故 乡

恍然抬头望去坍塌的旧宅，
难掩黯然神伤无奈的悲哀。
未脱稚气时的记忆与欢喜，
怎惹空洞深眸无名的泪滴？

墙角堆积着宽大的梧桐叶，
水池被抢占为野草的地界。
挺拔的老槐树忘记了遮阴，
野蛮的生长不再与人亲近。

呛人的腥草气肆意侵袭，
叛逆着细风倔强地扑鼻。
叫嚣抗议的乌鸦与麻雀，
抱怨我行径强盗而气绝。

飘落几片树叶通透而明洁，
游子的心绪却如叶脉交错，
纷繁杂乱也能输送着汁液，
支撑着我艰辛地随风漂泊。

流窜的羊羔在庭院中招摇，

觅食的群鸟和鸣嬉闹歇脚。
幻想曾经的屋舍巍然屹立，
低头只见颓圮篱墙与疮痍。

孤寂老屋没了往日的脾气，
苟延残喘，总把往昔回忆。
愿你的心底藏有我的痕迹，
一吐为快，与我诉说秘密！

2016 年 11 月 25 日

诗 歌 的 消 逝

文章常常陷入作者思想的围囿，
曲解的遗恨却难逃哲人的眼眸。
诗歌却总被抛弃于精致的孤舟，
冷风吹遍暗自凋零而无人逗留。

有人畏惧你亭亭净植的高冷，
声称无力欣赏你的优雅芳华；
有人嫌恶你故作清高的骄横，
呵责难以变卖你的姿色羞花。

你早已看穿了人世的浮华，
将四季冷暖天地变幻包纳；
你尚能延续着天才的意念，
还利欲熏心畏难之辈冷眼。

少年笔下含羞的片语只言，
夹在了飘满灰尘的旧书摊。
那褶皱的印迹是少女的泪滴；
那遗忘的记忆是少年的诗意。

少女背叛了年少轻狂的诺言，

少年竟不愿寻找逝去的灵感，
偶尔一瞬间似水年华的闪现，
只能引得无限不由衷的慨叹。

爱本能赋予少年诗歌的浪漫，
让彼此惺惺相惜而时刻依恋。
然而浮世的流转无情地驱散，
那残存世间美丽善意的谎言。

不论真挚，不论欺骗，
爱情的滋养都难挡诗情的糜烂。
谁又敢在爱河涡流中力挽狂澜，
还给诗歌一片阳光明媚的蓝天？

2017 年 3 月 10 日

浅 水 滩，浅 水 滩

轻拂的海风夹杂着鱼腥味，
斑斓的礁石掩映着黑壳贝。
粼粼波光晃动着的倒影，是谁？
浅浅浪花沾湿着的衣带，真美！

三两只海鸥边飞边踩着水，
暗黄的细沙像是逆着层浪，
在远处与海天缓缓地迂回，
幻化为湛蓝而凸起的高墙。

薄雾朦胧了城市的轮廓，
他却清晰明辨层次错落。
那道水墙上镶嵌着低山，
隔着万水让他迷失渴盼。

泥泞滩涂上的脚印未干，
千疮百孔不时浸润海岸。
面容狰狞恐怖的窟窿眼，
不断积攒着桀恶与凶险。

他凝望着鸽子，那双翅膀——

能带他跨越千山与飞翔。
他俯视着大地，那粒细沙——
能助他铸就天梯与荣华。

浅水滩啊，浅水滩，
你却只会让人流连忘返。
在安逸中，他把脚步徐缓；
在缥缈中，他把美梦伸延。

2017 年 4 月 3 日

女 孩 与 蔷 薇

新来的暑气把春季——
最后的一截尾巴缓缓藏匿，
默默地攒聚着人们的嫌弃，
却不曾羞愧而变得悄无声息，
也毫不理会哀怨怒骂或顾忌。
你一如既往坦然且内心静寂，
把斥责与鄙夷糅成热浪蒸气，
遗落在蔷薇的花瓣与枝叶里；
宽容大度地把世界点缀美丽，
透露在稻麦的穗头与秸秆里，
慷慨大方把肚子填到满意。

拄着拐杖的女孩轻盈而细腻，
丝毫没有对初夏的讨伐驳批。
她面带笑意身着素色轻纱衣，
举着手机，左脚轻轻点着地，
竭力留存着那阵易逝的香气。
她悄然定格一瞬惊心的绮丽，
恰与心底幻化的世界两相宜。
虽尚未引起路人飘忽的注意，
却也匆匆藏起了手机，
警惕有人偷走这张难得的春季，
这沾染与散发的春天的痕迹。

柔弱的暑气早已被置之不理，
可难抵终将翻滚炙烤的磨砺。
是谁把你变得如此人人嫌弃，
是谁领你误入如此萎靡境地？

2017 年 5 月 8 日

我愿有段爱情，如天鹅，如日落

西天的潮水影影绰绰，
你放飞了思绪，
等来了一天中最惬意，
最洒脱的时刻。
突然有一瞬，
脑海里填满了你，
到处都是你的身影，
飘入我那静止的眼窝。

往昔从书架上掉落一地，
回忆无奈地受尽你排挤，
可比起你的过去，
我丝毫不想把我的过往提起。
你曾经飞越高山，跨越汪洋，
却难以寻觅一处清净的休憩地；
可你依然满含热情，
宠辱不惊，简单而平静。
你静谧温婉，
只顾怡然露出惹人羡慕的脖颈；
从不想张扬，
可低调也引来无数赞美声。

你把头栽进水中，

瞧见远方粼粼波光，

落日的余晖照耀着初生的美，

万千仪态之魅，

你竟超越了光明。

我愿有段爱情，如天鹅，如日落，

我不阻挡你渴望的远方，

我不折断你飞翔的翅膀；

若有一天你没有觅得更好的巢穴，

我愿意为你，

守护最后一片净土，

静静仰望……

2017 年 8 月 12 日

挣扎

现实的背叛逐渐将我的精神拖垮。
可怕的却不是没有力量挣扎，
而是彻头彻尾的忘记，陷于嘈杂。

饱食终日不是我最后的栖息地。
因为我不是一只南归的候鸟，
不能随季节四处迁移，短暂休憩。

漂泊者又几许有过闲情的喘息？
畅快淋漓地体会岁月的快意，
孤帆远影与放浪形骸，才是真理。

曾有过饥肠辘辘才会懂得怜惜。
坎坷才能把沿途点缀得美丽，
风雨飘摇警惕着贪婪，堕入安逸。

2017 年 9 月 23 日

笼中鸟与笼外鸟

窗外的秋鸟传来几阵啾鸣，
没有摇曳的囚笼，
如摇叶悦耳动听。
珍妮祈祷变成一只鸟，
可俗世那道隐性的网，
定要把你从那旷野的天空，
狠狠地拉拽下来。
没有喋血的挣脱，
怎能振翅飞翔？
即便上苍仁慈，
你也禁不起风浪，
何况穿梭于骤雨，
何况横越过汪洋！

不知你是否知道，
树上的鸟其实倾慕铁笼，
因为囚鸟从未停止，
幻想天空的寂寥，
守望自在的低飞。
也许终会感到孤单，
也许注定失望颓败，

可是一切目标都值得期待！
你的眼界无限宽广，
却没有鲲鹏的翅膀，
怎能决绝地找准方向，
免于落入扑朔迷离，
布满诱惑的尘网？

不知你是否知道，
笼中的鸟其实惧畏天空，
因为飞鸟从未停止探索穹顶的浩瀚，
挑战桀骜的高翔。
也许终会看见阳光，
也许注定辉煌澎湃，
可是一切理想都难葆光彩！
你的内心多么渴望，
却没有金雕的目光，
怎能从容地脱离迷惘，
以防卷入放荡不羁，
疏于约束的天堂？

2017 年 10 月 20 日
南开大学第二主教学楼

花 苞

遇见你的时候，

你正含苞待放，

藏着一颗至真至纯的心，

等待烂漫的时刻。

晶莹而冰冷的露珠惊醒了你，

且不管傍晚，不顾晨曦。

层层叠叠的花瓣上了无痕迹，

你说，你偏爱这般错落，

才能勾勒出那抹嫣然轻笑，

或者眉黛青鞿。

你不喜两腮的嫣红，

不胜月下秋桂的芬芳，

不过梅花天然的淡妆幽雅。

不解花事的我啊，

只怪责这季节，

它狠心地荼蘼你，

夺走了初见时的天姿烂漫，

等待风华褪尽，

在最美丽的时候，

耗尽养分，黯然凋零。

流年渐逝，
花期何待？

2017 年 12 月 17 日

太阳，流星与飞鸟

我试图忘记你，

可冬日的云霞却如你婀娜多姿，

杨柳依依。

看啊！那云彩下的火红色，

片片错落地联结着。

夕阳燃尽余热，

瓦蓝的天空清冷而寥落。

我的那颗心啊！

似乎化作这冬日的太阳，

虽然失去了热情，

却依然为你明亮。

我心怀侥幸地等待着，

或是懦弱地踌躇着。

我幻想过与你痛哭，

流下流星般的泪滴，

因为我的心曾告诉我，

对你，只能用天空比拟。

我多想时刻照亮你，

可霞光掩盖了我的泪滴，

此刻的我啊，却无能为力！

夜！你生来就是错误，

诱惑着我，让我愈发脆弱。

可若昭示，袒露与炫耀自己，

岂不毁灭了那无痕的美丽？

何况光芒，何况明亮！

可倘若屈从命运的安排，

这漫漫的长夜啊！

我是该沉浸在短暂的回忆，

还是无可奈何地赋予过去意义？

如今的我，遥望着你，

不知你可会看见那抹亮光，

还是当作可有可无的东西？

你可知道，

我本该遁入黑夜的孤寂，

也许那里看起来没有趣意，

也许那里多少有些拘泥，

可我坚决地放弃，

是因为你，因为你啊！

我惶恐流星的微光转瞬而逝，

我焦虑姣好的容颜如花凋敝，

你可知道，我守护着，

始终唯有初见时的你！

与我相遇若给你带去愁绪，

我情愿你去追寻自己，

在快乐中守望着心底的静谧！
我曾因你而无比高傲，
如同烈日，如同骄阳，
你曾在我的胸怀里依偎，
虽然我没有留住那份惬意，
却感受过同样的火热与滚烫。
兴许我穷尽余生，
也再难寻那片刻的酣畅，
可谁又否认，谁又相信，
那样的别离不隐含着秘密？
那般惊悸，如同晴日的霹雳，
可你，不是惊飞的鸟儿，
何必为我而逗留或者啜泣？
我那颗被射落的心啊！
已然无力供给往日的暖意，
只剩下一副煞白而冷峻的面容，
可依然固执地擎在那里，
为你照亮翩然洁白的羽翼！

2018 年 2 月 23 日凌晨

叶 落 流 水

秋叶曾说，那不过是一阵温煦的和风，
吹过又何须孤影呻吟？
可你为何开始变得羸弱与单薄，
一副憔悴的姿色？
可你为何泛着淡淡的黄色，
露出纤长的纹络？

秋叶曾说，还能等来下一次重生，
飘落又何须泪湿衣襟？
可你为何开始变得凝重与忧忡，
一脸落寞的愁容？
可你为何望着初春的梧桐？
歆羡树下的芙蓉？

若是你想念风中的温存，
若是你无处散发气韵，
那就拥抱无尽的流水吧！
因为它能让你永葆湿润。

若是你难忘前世的回忆，
若是你无力继续哭泣，

那就拥抱澄澈的流水吧！
因为它能让你不再麻痹。

秋叶啊，你是依然误解流水的寡淡，
还是欣然地重返？
听！那悦耳动听的叮咚声，
只等待你敞开心扉的和鸣。

无论未来流经何处，流向何方？
你都不会被泥土埋葬。
你本该化作一双丰盈的翅膀，
又怎无奈错过双栖双宿的飞翔？

2018 年 3 月 2 日

爱 如 流 水

有时候，
突然想吃一碗宫保鸡丁盖饭，
就像想找个人陪伴！
有时候，
突然觉得日子过得好冷淡，
就像碗里的白米饭！
有时候，突然想为你把饭做得香甜，
却恍然之间忘记放盐！
也许，我们的味蕾都太不一般，
也许，我们心中都藏着厌倦，
不知道该怎么办？
只会傻傻等着一半叫醒另一半，
说话间，会伤感，
没了伤悲，
眼泪又该何时干？
两行泪痕，随时间渐渐，
渐渐地变浅。
回忆却像阴霾，
没有花开庭前，
没有春风拂面，
何时才能等到烟消与雾散？

你曾许诺，

一起去看大海与蓝天。

你曾说过，

为我挽起裤腕，

自在悠闲，

漫步松软的沙滩。

可是我，可是我，

最终还是没有等来那一天！

默默地，默默地，

把你的诺言藏在心里边。

幻想街角前，

与你再遇见。

千头万绪都化作了无言。

与你静静坐在咖啡店，

望着你那黑色的双眼，

却再也没有力气看穿。

时光流逝，也叫荏苒。

你却改变，永不回返。

2018 年 3 月 3 日

今 年 的 冬 天 格 外 暖

我赤脚站立，在午后的冬日里，
凉气灌满我那不算臃肿的毛衣。
手臂上的毛孔和汗毛却未感侵袭，
似乎错觉为初春时节的凉风习习。

屋檐下坠起二尺余长的冰溜，
还未出冬，却已然残败地融化。
那嘀嘀嗒嗒的水浸润了土地，
可远处的水渠不知何时早已干涸。

林子间的鸟儿已不像几年前，
叽叽喳喳，整日吵闹个没完。
倒是，上面的那片天空，
还像儿时般如此的蔚蓝。

暴风雪的踪影也已不见，
过去封路的日子，虽有埋怨，
可如今走在平坦的大路上，
却没有咯吱声响的幸福感。

曾经沉寂寥落的村落，
冬日里已经没有什么炊烟。

几只哈萨克人放养的骆驼，
兀的增添几分生气与悠闲。

光秃秃的枝梢，树皮已被啃烂。
突然的一声鸣叫，惊悸了雪面。
我追寻着，却寻不见踪影，
随意地呼喊几声，也没有回返。

2018 年 3 月 8 日

我 是 一 座 冰 山

寒冷的北极都吹起了春天的气息，
冰山融化成水，
海豹已无处栖息，
不知你的心底，是否依然地冻天寒！
我愿做一座冰山，
不必高大伟岸，
却能时刻借给你可以依靠的双肩。
你曾说过，
没有感到幸福与温暖。
我决定启程，
开始漂流与浪迹，
我不知道我的终点，
也许是赤道，
也许在某个碰撞的瞬间。
如果，我是说如果，我没有回返，
可能是身心消殒，
在回返的路上丢失了温暖；
可能是疲惫不堪，
在偶然处恰好遇见了孤寒。
我走了，
我要开启一段不确定的旅程，

不知前路漫漫，

也不知月色浅浅。

如果我说，我依然爱你，

你可愿心回意转？

我口袋里填满陪伴，

言语中饱含留挽，

也许这不是我需要的，

甚至会让我魂飞魄散。

可我不知何时变得如此倔强，

内心也透明得一尘不染！

不知怎么的，

对你无休止的思念如同我的风帆，

让我日渐消瘦，

更与你渐行渐远。

我浑圆的脸颊被笼罩着傍晚的烟霞，

已没有了曾经的轮廓，

凌厉的棱角，

就像遭受了世俗的污染，

神采亦不复昨日的奕奕光华。

孤寂的漂流是我的宿命吗，

你我的相遇难道也只算命运的交叉？

我走了，

我要开启一段不确定的旅程，

不知止步何处，

也不知栖居何地。
如果我说，我依然爱你，
你可愿回心转意？

2018 年 3 月 14 日

忆穆旦诗两首

追寻（一）

你在哪里，你在哪里，你在哪里？
为何这世界充满迷雾，尘烟障目？
我该心归何处，若难寻你的足迹？
埋藏诗意的海宁曾留下我的脚步，
我也曾久久驻足于清华园的荷塘，
遥想胡康河上的湍流与联大旧址。
防空洞里，野人山上，回声跌宕，
活下去！虽然道路已被白骨阻滞。
芝加哥可还留着东方诗人的赞歌，
还是已糅于英俄名作的自由浪漫？
如今我在南开园里过着你的生活，
从空虚到充实，再从黑暗到平淡。
从温馨的泥土中钻出，一路追寻，
我不该回望过去，而是花样青春！

追寻（二）

从南开到南开，人生像一次回归。
凶焰与铁蹄下，我听见你的疾呼。
侥幸逃脱滇缅撤退，又流离颠沛，

沈阳新报的旧地可还有路人一顾？
你开拓出了青年追随的九叶诗派，
又闯荡风城，探寻异国文学风韵。
带着满腹诗书，回到津城与南开，
你为西方的诗赋予了中华的灵魂。
你说人生难免悲喜，也难免荒漠，
冬天总会逝去，你愿等春的更替。
全部的努力不过完成普通的生活，
所以我歌颂肉体，我赞美与梦呓。
其实我本是一只永生永世的云雀，
在密林中苦苦追寻你，啾鸣不绝。

2018 年 4 月 3 日

游盘山记（组诗）

山寺

山寺的钟声久久回响，

像歌唱，嗓音嘹亮而悠扬，

苏醒的雄狮临高远望，

满眼青山、绿树，还有雄鹰，

在那蔚蓝的天空，自由翱翔。

一半红花，一半绿树

锦簇的花团相隔着险峻的沟壑，

盘山的玉带活络了叠岭的脉搏，

一半是原始的模样，

一半是新时代的脸庞，

我们阔步前行，在这和谐共生的大道上。

秘密

我是一片多美的桃源，

背倚着青山，

腰缠着碧水，

星星点点的红色是我的淡妆，

襟带上的行人走进了我的心房。

秋韵

看哪！
树溶入了水，
水晕染了画，
斑驳错落的秋叶烧成了云霞，
比翼的鸟儿忘了家。

寂静的八角亭

走进接天的莲叶，
如同碧绿而浩瀚的夜空，
那个曲折的小径，
可是天上掉落的星座，
嵌入了人间的星河？

2018 年 4 月 15 日

花已凋残，字已晕染

窗外的几株报春花，
金黄而招展。
初夏的雨与昨夜的热，
都同样来得突然。
来不及变换心情，
就被无情地打落，
满地凋残。
下一次的烂漫，
谁知道还有多远？

桌上的几张便笺纸，
昏黄而暗淡。
今宵的酒与往日的茶，
都同样洒得自然。
来不及腾挪空间，
就被无心地泼溅，
四处晕染。
下一次瞥见，
谁知道意味哪般？

2018 年 5 月 2 日

栅 栏 上 的 蔷 薇

铁栅栏上蒙着厚厚的尘灰，
有些黯淡，有些泛黑。
立夏的时节，
唤醒了沉睡的花蕾，
不知新结出的绿蒂，
是否嫉妒路人的赞美？
那些好听的言辞为谁？
毕竟早已在此刻注定，
哪由人分说？
况且还太过稚嫩，
张不开嘴。

玫红的花瓣，
像淡妆的谁？
她总有怡人的芬芳，
周身飘散着香甜味。
温润的光彩映在脸上，
点破了五月的沉寂，
害羞了近旁的姑娘。
层叠错落的碎花，
印上了她的长裙，

和风都变得知性，
藏不住那颗驿动的心。

倘若没有这一长丛绿叶繁花，
不能侵占了下一季的美，
春天定会觉得索然无味，
乌黑的栅栏也会依然自卑。
姑娘说，多美！
好像书写着电影里的花事，
邂逅了心里的那个谁。

荡涤了往日的尘垢，
又把青春的靓丽与活力拾回。
走远的姑娘，
是会重塑"容颜"，
还是重返黯淡，
又何时才会回归？
初春再来的时候，
那片蔷薇会灿烂如期，
姑娘可还会如约而至，
发出心底由衷的赞美？

2018 年 5 月 5 日

城隍庙记

亭台楼阁水上悬，红灯倒影小榭连。
绿波廊前游人恋，城隍庙边百翎染。
犹疑紫烟泄飞檐，瑶池飞湍下九天。
遥看霓虹广厦间，旧城已然衬新颜。

2018 年 7 月 12 日
上海城隍庙

回　归

因为我受这塔河的滋润（组诗）

（一）塔里木河

我从小便爱遥望——

你那厚实的臂膀与模糊的脸庞。

也许是风沙阻挡了我的目光，

我却从来没能看清你的模样。

你是连绵起伏的山峰吗，

还是只在其中流淌？

你是一望无际的平原吗，

还是只有两岸风光？

还有人说，你是荒漠，

奔腾的生命注定了最终的干涸。

迅疾的北风曾告诉我，
你还可以是草甸，是沼泽，
是稀疏的灌木林，
是充满无限可能与希望的律动。

也有人说过，
你是一匹"无缰的野马"，
朝着台马特的方向。
博斯腾湖曾向你倾吐爱慕，
那是开屏的孔雀等待欣赏。
天鹅湖畔曾为你曲流回环，
那是土尔扈特人为你呐喊。
慕孜塔格曾为你久久守候，
那是冰山之父高洁的期盼。
慕士山，罗布泊与阿尔金山，
沿着那丝绸之路，香梨园，
走到古楼兰，香妃墓，
去揭开西域千年的神秘感。
在这严酷中，南疆的人们哪！
创造着历史文明，穿梭到今天。

（二）塔克拉玛干沙漠

你本能消受苦寒之地的湿润，
可帕米尔高原却把一切水汽侵吞。
昆仑山把南洋的暖风洒向南麓，

不知你远古的血亲是否在啼哭？

还有阿尔泰山与天山的阻隔，

徐缓了冷厉，也竭尽身心。

如涸辙，如罗布泊里腐烂的鱼骨，

如双峰驼迷失在满天沙土。

没有雨露甘霖的滋润，

你便苦苦等待着盛夏的烈日，

即便如火炙烤，化作漫天粉尘。

终于，高山也向你俯首称臣，

溃退的雪线在山尖战战兢兢。

你贪婪地吮吸，渗漏到每寸土地。

为那里留住最后的生机。

（三）静静的叶尔羌河

你脱离了母亲克勒青河谷的怀抱，

却背负起特拉木坎力冰川的高洁。

这掀起的时代浪潮啊，

召唤着你，呼喊着你，

七千米的喧腾，你倾泻而下，

向世界发出震耳欲聋的喊声。

一千米的跋涉，你步步为营，

与沿岸结下深厚朴实的感情。

百姓对你感恩戴德，

你说，这是我们最真的本色。

与你遥遥相望的和田河、阿克苏河，

是你失散的孪生兄弟。
他经历了你经历的沙海，
也品尝过你品尝的干涩。
他犹如玉龙，气贯昆仑，
只为寻找心意相通的血亲。
相逢的日子已经不远，
因为那是我们共同的梦。

（四）塔里木的宝藏

听！那天然气管道的蜂鸣声。
看！那些喷涌不止的石油井。
那是自然对西域人民的馈赠。
风机点缀了狂风呼啸的达坂城，
电池板把太阳能变成了光明。
我忘不了那些动听的啼鸣，
巴音布鲁克湖上悠然的天鹅，
还有在高山上盘旋的隼鹰。
马鹿，沙狐，斑猫，鹅喉羚，
还有克孜尔千佛洞与龟兹古城。
塔里木啊，塔里木，
你处处无不令我一见钟情。

（五）胡杨与沙枣林

穷尽多少人生，
也未能领会的胡杨三千年的精神，

引领了一代又一代的人们！
生而不死，死而不倒，倒而不朽，
你盘曲的躯干见证过多少文明，
却依然谦逊地提醒着世人，
要耐得住脾性，才有簇拥的繁英。

沙枣林从来没有温和的秉性，
因为生存的艰辛让它内心坚硬。
尖锐的木刺时刻防卫着突然的侵袭，
油亮的红皮竭力挽留着点滴的湿润。
无论高大挺拔，枝繁叶茂，
还是细叶婆娑，如草丛生，
你们都是这里的人们最好的象征。

若有人问我：
你为何如此坚强，为何性情本真，
为何离不开那片辽阔而贫瘠的土地？
我将伫立山巅，迎风呼喊：
因为我受这塔河的滋润！
因为我受这塔河的滋润！

2018 年 8 月 13 日

那年，我爱你如雪

那年，我爱你如雪，
青春飘逸，白蒙蒙的。
静寂地落，熙攘攘的。
你厌倦那凌寒独自开的气量，
因为唯有繁花漫天，
才能突显入世而独立的翩然，
纵然轻盈，纵然飘荡。
你也不像窗上凝霜，
自然天成却难舍依附的臂膀，
纵然精美，纵然透亮。
你最喜在不经意的时刻绽放，
散发着诱人的芳香，
惹来艳羡或者嫉妒的目光。
偏偏淡然，偏偏倔强。

2018 年 9 月 19 日

母亲——我还是想起了你

母亲，阔别半日，
我莫名地想念你。
想念你身上的烟火气；
想念你无尽的大道理。
想念你，想念你。
你从半生的操劳中走来，
又从不知疲倦地踩平我的前路。
你忧忡我的往昔，
又记挂着我的未来。
你总爱念叨，
我已耳中生茧，
心中也粗糙不平。

母亲，我想念你。
矮小的身材，却撑出阴凉，
为我，把阳光遮蔽。
你的肩膀可是无限的宽广，
你的力量可比山河浩荡？
不，你只是个平凡而伟大的母亲，
把毕生的精力都灌进了我的骨髓。

母亲，我想念你。

你也会容颜苍老，
也终将如同大树般凋敝。
我的那片阴凉地，
已遍地花开，即便没有遮蔽，
我也能湿润如昔，
我也能养育自己。

我的母亲，我想念你。
你该梳洗梳洗两鬓斑白的头发，
静静坐下，
趁这花季，看看丛生的花朵可合心意，
看看这今朝可比往昔艳丽？

2018 年 10 月 8 日

窗 棂 外 的 那 棵 树

窗棂外的那棵树，
细小而孱弱。
白雪飘过，
我是该给它裹上厚厚的苇草，
扎成那水桶般的棉裤腰；
还是任由冷厉冬风肆意呼啸，
让它备受考验，备受煎熬？

秋末的残叶曾告诉我：
它坚强过——
看那梢上挂着的半绿半黄的叶子，
它挨过秋风的萧瑟，
黄色晕染了叶绿素。
逢阳光明媚的时候，
绿色又赶走了败落。
等雪下来的时候，
脚下咯吱咯吱地响，
它被冬的脚步振奋着，
继续忍受苦寒的折磨。

秋末的残叶曾告诉我：

它踟蹰过——
为何不像近旁的小树一样，
脱去夏衣？
毕竟已经那样残破。
为何不屈从刺骨寒风，
在凛冽中等待春天的召唤？
你是不愿屈从摇摆的命运吗，
你是抗争四季轮回的安排吗？
不，你说你只是想在冬天，
依然昭示出蓬勃的生命！

厚厚的苇草臃肿而难光鲜，
也许能保你下世葱茏，
叶茂枝繁，
但你已经绝世独立，
从一开始便习惯了料峭东风，
又何须顾及吹着脊背，
还是迎风扑面？

2018 年 11 月 1 日

风

风，我想为你歌唱。
你无影，也无形，
多少人想抓住你，
最终仍徒劳无功。
风，我想为你颂扬。
你温和，也洁净，
多少人想玷污你，
最终却将自己嘲弄。
风，你是否也时而彷徨，
裹挟或情愿或强加的肮脏，
还用透明色掩盖住欲望？
惊雷可能吓走那附体的亡灵，
骤雨可能洗净那渗透的思想？
或者瑞雪，或者冰雹，
待到春天，
我还想你轻抚我的面庞，
嬉戏共舞，拥抱希望。

2018 年 12 月 28 日

雪

透过略显昏暗的窗子
向外张望，
雪花轻飘飘地
映入眼帘。
那悠然的姿态，
像是减去了半倍的速度。
雪啊！
你是还想在空中多飞舞片刻吗，
还是不愿落到地上任人践踏？
你借微风，
倏尔倾斜而下，
似乎是想抗争什么，
可急躁只让你变得快了。

2019 年 1 月 6 日

大 地 的 疑 惑

为何我依然，
没有变得贫瘠，
为何我的给予，
没有停下的痕迹？
我曾滋养过无数的花朵，
也曾听见最嘹亮的赞歌。
我书写过一代代生命的传奇，
每一次却都在冬天凋落。
我不满失败的收场，
待到春天的时候，
我还要，我还要打扮得周身芬芳。

2019 年 1 月 6 日 21:31

冬 夜 浅 浅 的 念 想

今夜的月光多皎洁，
一眼望去满目旷野。
沉浸在隐隐的冷清感觉，
让我想起你风衣上的蝴蝶结。
你曾说过，
你要日日为我打个温莎结。
还要记下长久爱情的秘诀。
可是庸碌的日子耗竭了默契。
短暂的相逢还是注定了分离。
在那许多许多年以后，
追梦的脚步停了又歇，
却难以忘记你的天真无邪。
我曾在梦里听见你的呜咽，
想起你的样子，你的一瞥。
你是否依然能记起，
我曾握着你的手，
用优美的笔体写下爱的一撇。
回望，
总会惹得止不住的低声哽咽。
我却还是如此多愁善感，
非要把那段故事写到最后一页。

2019 年 2 月 13 日 23:51

红黄蓝绿

路两旁的街灯上挂着荧光的灯笼，
平行排去，直到视野触及的尽头。
枝头上的彩球吸引着孩子的回眸，
透过车窗，正在消失的朦胧灯光，
如同睫毛上结起的那层雪白冰霜。

夜，从来不曾失色或者惨淡凄凉，
路人匆匆行色，已忘记四处观望，
何谈赞扬，何及欣赏？
古时不算皎洁的月光也曲水流觞，
今朝酒色陆离光怪却难淌出诗行。

我静坐后座，不能掌控前行方向，
索性随风在天地间流浪。
我知晓万物的力量，何需畏惧，何需彷徨？

因为那摆脱不去的引力的阻挡，
让我难以思绪纷飞，洞悉——
深渊的思想，企及九天的苍茫。

成线的刺眼光芒，

不是时空隧道的围墙，

那不过是——

急驶的车辆发出的照进未来的光。

2019 年 3 月 1 日 23:00

月亮与少女

云擦拭了天空，
雨润泽了大地，
苍穹碧蓝如洗。
羞涩的月亮像个姑娘，
在洁白的云朵后躲藏。
她的眼睛未经风霜，
她的脸庞未抹红装，
她齿白如皓月，
两腮红晕浅浅。
今夜的月亮，
定如这儿的人儿，
也是十七八岁的模样。

2019 年 3 月 18 日

夕阳暮年

远处的山只残留下轮廓，
黑暗誓要把一切都吞没。
乌云是它忠诚的同伙，
积聚着，攒动着，游荡着——
天幕被撕扯得七零八落，
西沉的太阳怎能冷漠，
罔顾这黑云幻化成魔？
你射出金鳞的甲光，
直穿那蘸染黑色的心窝。
看！那熊熊燃烧的烈焰，
只消余晖的照耀，
便将一切邪恶侵吞，
在炽热与冶炼中化为灰烬，
在暗沉的光亮中无处逃遁。
流云四处逃窜，
夜幕覆盖了西山，
太阳完成了一天的使命，
为地球的另一边带去光明。
山下的街灯星星点点，
近处的光亮照着我前行，
夕阳暮年的雄心啊！

你不曾留下过遗憾，
你也定不会轻视这盏路灯，
因为它延续着你的生命。
当你从东方冉冉升起，
它又会为下一次换岗，
蓄足全部的潜能。

2019 年 4 月 22 日 22:30

如果可以，我想再爱你

如果可以，我想再爱你。
爱你对我过往的挑剔，
爱你对我此刻的在意。
如果可以，我想再爱你。
爱你皓齿明眸，肌香体素，
爱你娴静端庄，可怜楚楚。
如果可以，我想再爱你。
爱你飘逸青丝沁人香气，
爱你纤纤细手指尖细腻。
如果可以，我想再爱你。
爱你拼搏时的坚强勇毅，
爱你怀抱里的柔弱娇滴。
我爱的那个过去的你，
是否依然静静站在那里？

2019 年 6 月 4 日

我 想 要 一 个 女 孩

我想要一个女孩，

她有棱角分明的眉目，

她有细高的鼻梁，

她有卷曲的头发，

还有海一样的内心。

藏着她的过往，

跟我一起去骑马，

去踏过荒芜的黄沙，

去饱览这个精彩的天下，

去过一段丰富的人生。

我会拍下那些恢宏的场景，

那些婀娜多姿的身影，

那些岁月带去的浅痕，

放在复古的镜框里，

封存她由外及里的气质。

我会刻下她的微笑，

在我深深的脑海里，

用柔软的心扉竭力挡住无情，

等待它也能变得如磐石般坚硬。

待到回首往事的时候，

我会握着她布满青筋的嶙峋细手，

看着她，
如年轻时一样的娇柔，
还有那看似淘气的豁达。
我会记起那高高穹顶之下的欢庆，
记起那透过的午后日光，
还有响彻云霄的掌声。
在整齐的拍手声中，
在悠长悠长的美妙旋律中，
我与她深深相拥。
黎明，涛涛的海潮声会将她唤醒，
点破她做了一生的美梦。
但那份闪耀将熠熠生辉，
长伴她的魂灵。

2019 年 8 月 10 日
南开大学西区公寓

—— 重 启 ——

赠导师

赏鉴诗歌透性情，品读经典捕文风。

谆谆教诲如春雨，恳恳高谈似灌顶。

湖畔春潮本无澜，窃听宛转涟漪醒。

相逢儒士本吾幸，唯愿同游瀚海中。

2019 年 9 月 10 日

南开，我想为你写首诗

我爱你，如炽热的火焰。
我爱你，如东升的旭日。
溢彩流光照映着你的过去，
百年展览述说着你的峥嵘。
我最爱你那碧波微漾中的倩影，
恬淡、高雅、含蓄、娴静。
我携着你的手，
走过了春秋冬夏，
走过了诗酒年华。
在你百岁的日子里，
我想将你永远藏在心底。
待你融进我的每一滴血液，
待你塑造我的每一寸肌理，
你我便有了共同的足迹，
你中有我，我中也有你。

从四海八荒到大河汤汤，
无数人因为你的名字，
汇聚成一股磅礴的力量。
从熹微晨光到灯火辉煌，
无数人因为你的陪伴，

点亮起一个个璀璨的梦想。
你说，你想变成最高的殿堂，
为每个人插上一对翅膀，
凝视着他们，
在高远的天空翱翔，
把爱与希望撒进贫瘠的土壤。
你说，你会等来最美的绽放，
那时我们必将相会于初识的地方。
我爱你，如初升的太阳。
我爱你，如烈焰的光芒。

2019 年 10 月 17 日 00:00
南开大学

芦苇

枯黄的苇草枝头擎着芦花，
沙枣树还在青黄之间挣扎。
一座涂抹着萧瑟的风车塔，
在冷冽的风中停住了骨架。

木栈道的缝隙中挤着杂草，
半掩的鹅卵石铺成的小道，
硌着脚底的每一根神经，
让每一步都徐缓而轻盈。

仰望蓝白相间的天空，
盯着地上草木的碎影，
我心中本该掠过什么，
却感受不到任何动静。

踩在落叶上，
回首过往，
竟发现一直都在躲藏。

2019 年 10 月 20 日

回归·启程

修自行车的大爷，
两根手指间，
夹着一根点燃的香烟。
游移着没有神采的双眼，
好像等待着燃烧到指尖。
昨夜的雨，
清晨的洒水车，
（路上湿漉漉的，
散发着秋日的凉意）
洗净了昨日的喧嚣，
冲刷了心中的浮躁。
一切又重归平静，
如同什么都没有发生。
没有节日，没有人群，
稀落的行人脚步匆匆，
赶去百年后新的一课，
开启一个纪元，一个时代，
寻找一个崭新的自己！

2019 年 10 月 18 日

仰 望

站在你挺拔的躯干近旁。
逆着秋的和煦阳光，
仰望。
你何时换上了金黄的衣裳？
这样令人猝不及防；
这样令人眼前一亮。
在你翠绿、青葱与蜡黄的容妆里，
唯独这分最显含蓄的模样。
凋落，
你也撒下欢腾的花朵，
像是诉说，
在生命的最后一刻，
依然盛放。
当你融入泥土，
姿态，
却从不曾低过，
倒为傲立的枝梢增添了几抹姿色。

2019 年 10 月 28 日

猫

驻足于外院门前，
第一次端详那只猫。
它半仰着头，盯着东方，
似乎埋怨过去的四年，
为何不停留片刻，
哪怕只是一句嘘寒问暖？
我似乎能看穿它的倨傲，
索性佯装流连忘返。
它伸了个长长的懒腰，
把我一人孤零零地
丢在了满地的树叶边。

2019 年 11 月 5 日

梧 桐 树

梦里嗅见一阵梧桐的花香，
让我忆起儿时串串紫白的铃铛。
当那芬芳沁入胸膛，
整个人都透着舒畅。

庭院里的梧桐高大而粗壮，
待到少年的时候，
和伙伴一起，
才能勉强环抱住整棵树，
脸庞紧紧在皱皮上依傍。

一夜疾风骤雨的飘摇动荡，
摧枯拉朽地袭过，
葱茏的树冠流露着颓唐。
我一直以为，你最坚强，
任我何时都能仰望。

最后难以承受一侧的重量，
你变得岌岌可危，
眼看就要倒向近邻的平房。
母亲忍痛把你卖给货商，

站在一旁，听着锯的声响。

你未来的命运，
将变得无常，
也许会沦为碎末，
也许会登上大雅之堂。
有人会夸赞你：色泽鲜亮，
体态轻盈，落落大方。

当我走近你那
残存的树桩，
密集的年轮诉说着，
你往日神采飞扬的模样。
我偎在你的身旁，
为何只见一颗空洞的心脏？

从嫩芽到大树，
一生成长，
你的骨血消耗殆尽，
直抵树梢最末端的地方。
却忘记撑起自己的脊梁，
何况遭人砍伐的下场？

纵然对你的离去，
深感惆怅，
我还愿唤醒矮草，

让它们为你的告别高唱。
许多心形的叶子落在地上，
正盖住一株新生的细秧。

2019 年 11 月 17 日

沙扬娜拉

——谨以此诗致敬徐志摩

你像个游人，
漫步在午后的日光里，
清淡雅致的妆容，
透着高贵与恬静。
秋色竟浑然不觉浓重，
把一半秋叶撒在地上，
一半金黄挂在枝头。

你轻倚着略带锈迹，
白中泛蓝的铁网栅栏，
它的纹路如你那天
穿的格子大衣一般。
你回望时的微笑很浅，
刹那间便又消失不见。

你坐在一个滑梯的高处，
侧看遥远的童年。
那丛丛簇生的青松中，
嵌着你的背影。
西边的一道金色光线，

恰好斜掠过你的头顶。

多亏一幢未入镜的高楼，
你在阴影中草色青青，
松在光芒里绿若新生。

你眼中没有急迫与徐缓，
暮色有意驱赶你的留恋。
当松树的枝头——
也渐渐失去了油亮的质感，
你站上灰白的石台，
扶着略显斑驳的栏杆，
（冰凉而泛着宝蓝）
你凝神静静地向下看，
掩映在深青与灰蒙之间。

你的思绪已寻觅不见，
兴许停在了三岔路口
黑黄相间的路障之前；
兴许被一栋栋橙白相间
只有三层的阁楼温暖；
或者偷偷溜进了一所
已经放学的幼儿园。

惬意坐在低矮的木凳上，

陷入墙上的涂鸦的包围。

（凳子上还沾染着墨迹）

你轻轻闭上眼睛，

细细感受着洒在身上的

最后一抹夕阳。

2019 年 12 月 2 日

2020 年 的 第 一 场 雪

天欲雪，
夜空灰蒙，
像一道天幕，
应和，呼唤，
翘首以盼。
人们焦急过，
可内心的焰火，
不是被细雨淋湿，
便是被等待耗尽，
最后化作一片灰烬。

天雨雪，
夜空灰蒙，
像一道天幕，
陪衬，伴唱，
得偿所愿。
人们欢欣着，
那焦躁的火苗，
还是被初雪覆盖，
或者被融水浇熄，
最后留下一地洁白。

2020 年 1 月 6 日

冬 树

冬日里的两行树赤条条地相对矗立，
瘦骨嶙峋的模样，全然丧失昔日容华。
似乎到了冬天，天空便不再为你敞开。

你瑟缩在寒冬中，变得前所未有的脆弱，
你炸起每一根骨头，小心翼翼地环视着，
如同一只受惊的猫，受够了抚弄与调教。

你渴望着春天的脚步，那时人们会忙碌，
会像麦芽一样逐渐复苏。偶然路过树下，
或许还会因为新冒出的新枝嫩芽而赞叹。

你渴望着夏天的荫翳，那时人们会焦躁，
会像禾苗一样蔫头耷脑。偶然路过树下，
或许还会因为正拂过的习习凉风而赞叹。

你渴望着秋天的芳香，那时人们会庆祝，
会像麦穗一样颗粒饱满。偶然路过树下，
或许还会因为才成熟的累累硕果而赞叹。

你却畏惧冬天的赤裸，那时人们会得闲，

会像游人一样无处止步。常常走到树下，
或许还会因为你的一丝不挂而唏嘘感叹。

你总想，在春夏秋的季节里掩饰自己，
用生机催促人们前行，用清爽唤醒沉睡，
用金色的光芒照亮人们欢欣鼓舞的时刻。

你以为，只有人们的快乐才让自己从容，
却忘记了自己，那最初时最真实的模样。
何况没有冬天的积蓄，
又怎换来春天破土而出的力量？

2020 年 1 月 8 日

南开大学

一 朵 未 被 吻 过 的 玫 瑰 花

年轻的诗人，
遇见一朵娇艳欲滴的红色玫瑰。
迟疑之后，在离别的最后一刻，
还是摘下了它。他犹豫，
应该何时何地亲吻它，
那娇嫩的花瓣，
是否会因此而失去芳华？
也许他该把花儿捧在手里，
静静观赏，默默凝望，
把那份美丽刻在心里。
可那朵玫瑰已经等待很久，
也许一个吻才对得起它绽开的花蕾。
诗人眼瞅着花色变黑，
想用瓶子里的水湿润它的花蕊。
可红色玫瑰，
在离开手心的那一刻，
还是露出了锋利的细刺，
把自己泡进鲜红的血水。

2020 年 1 月 18 日
乌鲁木齐开往北屯的火车上

封　闭

春天，我呼唤你

我要把残存的最后一抹积雪
踩进春天的泥土。
在清冷的初春里，
走到屋子外面的世界。
我要盯着刚刚冒出头的树芽，
等待它把春天染得泛着油油绿意。
我要细听麻雀的啁啾，
看它们来来往往自由的飞翔。
我要跑到海棠树下，桃李枝旁，
贴面而语，
催促含苞的花蕾将春天唱响。
我要到荒野中与焦急的农人，

相约一次春忙。

在灌溉的声响中，

感悟生命破土的力量。

春天，你若听见我的呼唤，

那便让大地充满你的脚步的回响。

如果我终将化作一捧春泥，

我定要挨过冬的漫长。

在春天的暖阳、和风，

还有绵绵的细雨里，

将自己埋葬，

化为下一个春天的滋养。

2020 年 2 月 4 日立春

新疆阿勒泰地区北屯市

寂 静 的 春 天

当西伯利亚寒流钻进通风管道，
嘶吼的声响让人怀疑幽灵来到，
门外昏黄的灯时明时灭，
隔壁传来一个人的欢唱与畅聊。

我的脚步早已被禁锢，
为了响应全民族的号召。
我坐在窗前遥想：
外面的飞雪是否洁白？

我想，等一切恢复如常，
我定要登上黄鹤楼，珞珈山，
走到樱花最烂漫的地方，
走到最寻常的街头小巷。

曾经奋战在那里的白衣天使，
将被永远深深铭记，
有一天，翻开历史的书页，
慨叹，还有油然而生的优越感。

但是，我不会敞开心扉，

不顾一切地奔向留恋的地方，
因为我曾珍惜每一个时刻，
何况纵有遗憾也不过寻常。

我坚定地相信，灾难终将过去，
病毒骇人的花冠总会萎靡，
直至太阳炙烤大地时，销声匿迹。
然后春风又将吹绿中华大地！

2020 年 2 月 11 日

野性的远去

我一闭上眼，
世界就开始天旋地转。
于是那一瞬间，
我飞上了云霄，
在轻飘飘的云朵上，
忘记了凡间。

我爱烟火气，
柴火噼里啪啦地燃烧，
似乎那一声响，
我俯下了身躯，
在黑黢黢的灰烬旁，
重获了力量。

2020 年 3 月 15 日

自性化的旅人

我本该已经踏上离乡的列车，
驰向远方。
十年前开始的循环，
却被病毒阻挡。
突如其来，
令我的同胞们猝不及防。

它本是一趟告别、沉寂，
并投入幻梦般的旅程，
像一年一度的迁徙，
像北归南迁的群雁一样，
只是东西才是我的方向。

我本应跟随无数的人潮，
无意识地奔走。
在喧嚷、揶揄、唏嘘、攀谈中，
我偷听，
然后静寂地思考并融入潜意识。

我本来自这样一个群体，
合群，却承认着，

奄奄一息的与众不同。

然而静寂曾告诉我，

孤独中才能觉察生命的自性。

2020 年 3 月 15 日

新疆北屯市 183 团

姑 娘，热 爱 诗 歌 吧

姑娘，热爱诗歌吧！
去诗行间自在地舞蹈，
踩在一个个不容置换的字眼上，
随着自然的韵律，
你的曼妙姿态，定如诗般灵动。

姑娘，热爱诗歌吧！
去探寻诗中暗藏的魔镜，
它能照出灵魂的纯净与肮脏，
不论你是何种模样，
诗意将赋予你夺目的容光。

姑娘，热爱诗歌吧！
去和单纯又世故的诗人对话，
无关金钱或用处，
仅仅尝试琐细变为诗语的可能。
片刻间，内心便憩于安宁。

然而，你若沉溺其中，
诗歌会变成深不见底的陷阱。
更不要写下几行，

便轻易决定做一名诗人，
因为它将给你的双脚带上镣铐，
它将把你的容颜催老，
甚至像我这般，在深夜里哀号。

2020 年 3 月 26 日 02:46
新疆北屯市

我是一只爱情的信鸽

我摘下一朵玫瑰，当作爱情的铁证。
心怦怦地跳，如信鸽双翼的鼓动，
我咕咕地叫，期望有人能听懂，
然而你却不能忍受我的叨扰。

我循着气息，飞在你的身后，
渴望重新兑现我的诺言。
我飞到过去——分别的前几天，
落在窗台上，我听见你成夜哭泣。

我多么焦急，想要冲向你。
但透明而无法穿越的玻璃，
无情地把我阻隔在明亮的月色里。
振翅、撕咬，我不停地刺透地尖叫。

你却听不到我在寒风中咆哮，
像是完全迷失于撕心裂肺的悲伤。
突然，你停止了哭泣，陷入沉思。
不经意地，推开了两扇窗户。

2020 年 3 月 26 日
新疆北屯市

诗人的口袋本

我遇见过不少诗人，
他们常常带着几个口袋本。
外人从未翻看，自视稀世珍本。
如若有一天被狗撕咬成碎片，
那便像帕特森一样，懊恼，
气急败坏，然后牵着狗去散步。
走进酒馆，两三杯下肚，
和不远不近的人寒暄几句，
在昏暗灯光营造出的气氛中静静坐着。
静默把白天与自我分隔，
像序曲，赋予夜以神秘，以庄重。
且能原谅坠入夜色的欢乐，
倘若匆忙地将愁绪拖到夜的领地，
神灵定然不会原谅那个冒失鬼卑鄙的行径。
放心，
口袋本不会因此缺少了低声的唏嘘，惨淡的嗟吁。
因为缺少它们，生命将失去灵动。
然而，人们总是怀疑：
那是一个什么样的天地？
那个世界可多一层色彩，
可多一分犀利，多一度温度，

抑或多一些丰富的想象？
我曾幸运地瞥见过一眼，
那里看起来凌乱不堪，
粗犷的线条，斑驳的字迹，
像是灵感的墨汁洒了一地，
远不如孩子的涂鸦和水彩画。
也许人们会评价：
那么诗人是否有些痴傻？
不！我会斩钉截铁地告诉他：
那里藏着一个富有的精神，
还有一颗自由而纯粹的灵魂。

2020 年 4 月 13 日 14:18
新疆北屯市

当冬天走后——

我用整个冬天等待这阳光明媚，
这春，这暖；
这四月的人间从未辜负期盼，
也无法埋藏正从土里冒出，即将绽放的林芳。

看！零落的老榆树缀满了深紫的叶芽，
村落后的白杨林也开始萌发，
待檐下的燕子衔来春泥，
便给春天添上最后一抹气息。

那时放眼望去，一望无际的绿，
将覆盖这片光秃而坚硬的大地。
埂上的苇草会随风为你招摇，
并轻轻讲起那个冬天的回忆。

当我走在多年前常走的路上，
路边的杨树已经长得粗壮。
我曾参与它们的种植，
还亲眼见证如红柳般的倔强生长。

当根须深深扎进肥沃或贫瘠的土壤，

用心倾听遥远的跳动，关心和拥抱，

待下一个冬天降临，依靠彼此的温暖，

又怎会遭受生命的煎熬？

2020 年 4 月 5 日 00:12

新疆北屯市

荒　野

乌云

天空弥漫着乌云，
像烽火台上的狼烟，
昭示着将至的大军压境。
昏沉如灰烬，
随着高空的风，
徐缓而有序地推进。

可惜我脚下的荒原，
不能阻隔东来的水汽。
纵然大地干燥，
博得天空片刻的泪滴，
却只会板结贫瘠的土壤，

压弯正待破土的幼苗。

乌云啊，你是魔鬼的化身，
还是预兆厄运的先知？
你为何吞噬了阳光，
留下未被普照的大地？
你又为何耐心地劝告，
让人们泰然自若地抗击？

当苇草和红柳条燃尽，
云烟也终将散去，
不知我会否留恋你的氤氲？
你把天空当作画布，
晕染得时浓时淡，
多少水墨相形黯然。

乌云啊，你过处的余烬，
也终将被狂风吹散。
化作一片留白，
消失在夜幕中。
游走于翌日明媚而焦灼的阳光里。

2020 年 5 月 4 日
新疆北屯市

候 鸟

我是一只迁徙的候鸟。
自从南方起飞,
便盼望着在极北之地的落脚。
在冰川上享受阳光,
在漂浮的小岛上喝水,
潜入一个时常冰封的世界,
像瞬间能被一切遗忘。

我是一只犹豫的候鸟。
飞掠湖区的时候,
只敢吃得半饱,休憩半刻,
北方冷冽海水中的鱼虾,
是否依然甘甜?
那些昙花忽现的嫩草,
是否依然柔软?

也许我早该放弃,
那个梦中之地,
它不过是前人诱骗的把戏,
或者早已变得满目疮痍。
我劝说自己:停下吧!
这片湖水也有腐臭鱼虾的尸体,

这里的天空也一碧如洗。

飞，去那个自幼雏起便渴望的梦幻之地；
落，去等待眼前这片渐趋葱茏的土地；
抑或，在这个纬度上觅一条捷径，
找寻一方极乐之地？

2020 年 5 月 8 日

画

你是一幅画，在我眼前，
如素描的模样，
后来我便习以为常。
你是一幅画，在你心里，
如水彩的模样，
后来你便小心躲藏。
其实，我爱你的或明或暗，
通透立体，铅笔勾勒的痕迹。
也同样爱你的光泽细腻，
明澈活泼，毛刷热情的渗透。
如果可以，我愿化作一根石墨，
沾染纸上，用经年不褪的底色，
证明我真挚的情意。
抑或一捧颜料，为你增添靓丽，
将单纯和牢固投射在色素里。
或许你还会犹豫迟疑，
或许你还不善自由地流动，
我已准备好，时刻扭曲成参考线，
唤来树胶、甘油和牛胆汁，
为你摒弃以往，变得坚定无比，
为你留住时光，可以从容下笔。

你若是依然担心，
终有一天，自己将被高高挂起，
那便会失去被人们称赞的契机，
也将失去生而为画的意义。

2020 年 5 月 12 日
写给爱过并仍愿去爱的所有人

孤 独 的 村 庄

五月中的时候，
最后播种的庄稼也已破土。
成行的嫩绿色在夕阳下，
如波浪般流动。
不远处的小树林里，
已摆好蜂箱，
不知，甜蜜是否已在其中流淌？
到向日葵开花的时日尚早，
养蜂人许是想：先酿些——
野花总有别样的香。
驶在两排高耸的杨树之间，
地上的杨絮铺了满地，
随风飘往莫名的地方。
抬头远望，深处变得越来越窄，
像是堵截着人们，
趁早放弃逃离的妄想。
广袤无垠的大地上散落着形单影只的人们，
黝黑的脸庞映在白色的地膜上，
反射着命运，烙印着出身。
土地填饱了他们的肠胃，
也始终束缚着他们的双脚，

有一天，终会甘心化作地膜，
覆盖与守护着他们热爱的土地。
也许会被风撕成碎片，
也许会被秋霜搂作一团，
在工厂的熔炉里，
重新找回往日的颜面。
也许会被巨型的铁犁耙，
覆在漆黑的地下。
这都是他们挣不脱，
也从未想过逃离的，
永远离不开这片土地的命运。

2020 年 5 月 14 日 21:44
写于一片戈壁绿洲上

麻 雀

屋舍前的菜地才添上几行青色，
垄沟里的积水虽不曾被搅和，
却因浮起的一层白沫，
在正午的日光下显得污浊。

一只麻雀突然冒出，
如精灵般梦幻地降落。
那轻盈，那娉婷，
赛过仰着脖颈的高傲的白天鹅。
我，连眼睛都不敢眨，
生怕吓走了这个野性的贵客。

它立在那一汪水里，左右打量，
定是把我当成了一个雕像，
这才肆无忌惮地扬起尖锐的喙，
小酌两口，再灵巧地梳洗羽毛。

从未有哪个天空飞来的鸟儿，
在我眼前停留一分钟之久；
也从未有哪个客人如此堂皇，
将我的菜畦当成梳妆的闺房片刻。

我却忍不住赞美：

它的羽毛看起来总是那样光鲜，
即便不经意间沾染几滴水珠，
打个寒噤，便轻易抖落所有尘垢。

瞬间，它隐匿在不远处的——
一棵枝叶茂密的绿树里。
我眨眨酸涩的双眼，
心田却仿佛流过一泓清泉。

我无意间瞥见，它正在枝杈上，
一边理着羽毛，一边暗露留恋。
低头又打量了一番那池水，
抬眼，再回望的时候，
光秃的树枝上，它已消失不见。

2020 年 5 月 16 日 02:20
新疆北屯市

破 碎

破碎是一把锋利的匕首。
刺入生活的肋骨，
把微笑变成愤怒，把疲倦变成失望，
把味道变成沉默。
如果定要找到罪恶的根源，
那是一锅一碗的锱铢必较，
那是不谙世事的逃避躲藏，
那是一路成长的打压窘迫，
还是内心的脆弱，
轻易屈服，
抑或一切形式的个人过错？

破碎，是否可以缝合，
像五月的热融化了冰，
弥补了大地的裂缝？
虽然不再伟岸，
可留在众人心中的形象，
从来没有改变。
然而，我却粘不好破碎的瓷片，
也抹不去扎眼的裂纹。
心上有了缝隙，

怎样的情意才能——
填补、滋润、修复得如同当初？
每一道疤痕让人更加坚强，
也让人更加容易想起曾受过的伤。

永远不要奢望，
破碎可以消逝，
就像眼角的褶皱，
记录着岁月沧桑。
抹去的从来不是年轮，
而是眼泪的深痕。
光滑的肌理，
总能给人短暂的惊喜，
但永远不要当成过去的回忆。

2020 年 5 月 18 日 23:20

西 北 偏 北

小满的时候，
西北偏北的麦子，
还没有灌浆。
没有饱满的穗，
没有醉人的香，
有的只是勃勃生机，
还有永不停息的希望。

2020 年 5 月 20 日

西 北 的 风

西北的风，
如同狂嗥的野兽，
摧枯拉朽地掳掠而过。
公路上横躺着，
几棵虫蚁蛀蚀过的消瘦的杨树。
纤长的躯干习惯了赞扬，
在夹道的防护林里，
只顾显露着钻破天空的力量。

疾风来临，
零落的叶早已不见踪影。
纤细之下的根须忍受着折磨，
娇脆的傲骨勉强迎击着考验。
整夜的艰难困苦，
一切似乎都在负隅顽抗，
桀恶消泯了彼此的差异，
脱去了冠冕，摘下了光环。

过境之后，
路人也许幻想：
那是一个怎样的黑夜？

噼啪应声倒下了怎样的灵魂？
也许，也许，
它将被往来的车辆碾压，
或者擦肩而过；
也许，也许，
它将被无情地抬起，
然后曝尸在野地。

2020 年 5 月 28 日 22:16

我 自 由 地 呼 吸

我自由地呼吸，
在苍穹之上，在土地之下，
纵然天高云淡，
一阵疾风便轻易稀薄空气，
纵然紧密坚硬，
一场骤雨便瞬间侵吞空气。
我仍旧如鹰，可击长空，
如树，可扎根地底。
我仍旧蓬勃地活着，
焕发着生命独有的生机。

我自由地呼吸，
在江河湖泊，在迷雾阴霾，
纵然波涛汹涌，
一处激流便轻易挤出空气，
纵然缥缈迷惘，
一心忧虑便时刻过滤空气。
我仍旧如鱼，可翔浅底，
如人，可自由呼吸。
我仍旧蓬勃地活着，
焕发着生命独有的生机。

2020 年 6 月 1 日
新疆北屯市 183 团

致孩子

假如雨水淋湿了你的童年，
不要沮丧，更不必伤感，
擦干之后，坐在火炉旁边，
你方会觉察人间的温暖。

假如雾霭蒙住了你的双眼，
不要张皇，更不必忙乱，
拨开之后，站在彼岸跟前，
你方会感叹旅途的艰险。

假如狂风，假如惊雷，
假如自然用尽浑身解数，
为你铺设种种困难，
为你隆起邈不可攀的崇山。

你该心怀敬意，
还是对此嗤之以鼻？
从来没有答案。
造物主却已极尽造化之力，
将你的一切塑造得尽美尽善。

2020 年 6 月 7 日

触须

我是西瓜秧的触须，
与你相遇的时候娇嫩柔弱，
不时害羞地试探。
当细长的信号传来，
当我确信安全，
便会不顾一切，
牢牢缠住藤蔓，缠住杂草，
缠住叶片，缠住一切。
只要与你有关，
哪怕仅仅半分关联。

每伸出一节青藤，
我都步步为营，
生怕狂野的风、冷厉的雨，
还有似火的骄阳，
将你我拆散。
有时不禁回望过去，
自然而然地质问自己：
应该如何保持这份新鲜，
用力太过猛烈，
结局是否一如从前？

然而岁月终似七月的雨，
浇灭了心里的火，
淡褪了不牢靠的情。
只剩下三分钟的热，
像没了刻度的秤。
我不能永远柔弱，
这是逃脱不掉的宿命。
我不愿撒手，
纵然束缚了你的自由，
我想拉得更紧，
只为能够离你更近，
一点儿，又一点儿。
你的脖颈像被套上了白绫，
我的身躯蜷成了一根弹簧，
越来越硬，越来越硬。

曾经娇嫩柔弱，
如今我却模仿着木头的质地，
变得干瘪，变得坚硬。
其实，我依然清醒，
我已经化作一个螺丝钉，
旋扭进初红的瓜瓤。
即便牢固地挨在一起，
也无法阻碍腐败的进程。
因为爱情不需时刻相拥，

而是两颗相会相通，
纯粹而又美好的心灵。

2020 年 7 月 7 日

拣 草 莓

我多想，我多想，
像一株草莓那样生长。
冬天的时候，我枯萎了叶，
埋在土里，
不慌不忙地蓄积破土的力量。

我多想，我多想，
像一株草莓那样生长。
春天的时候，我吐出了芽，
露出地面，
大摇大摆地展现蓬勃的希望。

我多想，我多想，
像一株草莓那样生长。
夏天的时候，我延伸了茎，
匍匐前行，
亦步亦趋地占领扎根的地方。

我多想，我多想，
像一株草莓那样生长。
秋天的时候，我藏好了根，

慢慢凋落，
不卑不亢地观赏喷香的农忙。

我多想，我多想，
像一株草莓那样生长。
停歇处，便是吾乡。
泥土埋藏了离愁，
根须捆绑了双脚，忘了流浪。

2020 年 7 月 10 日 01:15
新疆北屯市 183 团

向 日 葵 与 蜜 蜂

父亲的向日葵地里，
杵着一张张黄灿灿的脸。
花柱成熟的时候，
便会引来授粉的蜜蜂。
它们从不挑挑拣拣，
或爬在葵花饼上，
亲吻遍每一个柱头，
或扇动透明的双翅，
飞舞着，自由地变换舞伴。
整个葵花盘像一座富丽堂皇，
又不失稳重，既谦卑，
又极具内涵的宫殿。
白嫩的葵花籽当作地基，
每个籽上都戴着皇冠形状散成六瓣的花壁。
一个一个聚集在一起，
独特的排布厚实而柔软，
如同乌鲁木齐大巴扎上的锦绣挂毯。
中间尚未成熟的一处圆形地方，
没有支棱起来的花柱，
没有被蜜蜂沾染过的花粉，
那是留给特殊时刻，

留给每一个清晨都翩然起舞的
农人的池。
直到金秋九月，籽实饱满，
这场欢聚才将落下帷幕。
我多想，化身成一只蜜蜂，
我多愿，这样不停地奔忙，
以便紧紧抓住这短暂的生命。

2020 年 7 月 14 日 19:22
一片向日葵旁

荆 棘 鸟

荆棘丛生的地方，

似乎永远等不来歌唱。

一只荆棘鸟突然落下，

轻灵地扇动着，

尾巴上斑斓的羽毛，

来回扭转着脖颈，

像贸然闯入的访客，

几声意外的脆响，

弯了尖刺，软了细藤，

渴了青秧。

映着菜地，沟垄里泛起微漾。

倘若一直困在地上，

那便少了落下后的悠扬，

不定何时还会露出狰狞的面目，

丰盈的羽翼也在挣脱中遍体鳞伤。

大地只是倦时的休憩之地，

且能容纳浅吟低唱，

可撑不起飞翔的翅膀，

更不像天空，

可将世间被遗忘的绝唱，

传遍大江南北，长街短巷，

还有那静静等待着的远方！

2020 年 8 月 31 日 01:39

新疆北屯市 183 团

秋日的雪

初秋的骄阳依然炽热，
如虹似火的霜叶，
途经的地方，
风力发电机不慌不忙，
匀速而悠闲地转动。
似乎季节的交替，
与它牵扯不出半分关系。
透过错落的扇叶，
忽闪着的是连绵的天山。
土黄色没过了山腰，
向着山巅仅存的那抹白色蔓延。
似乎只有，
只有高冷的地方，
才能留住冬雪的洁净，
才不至融化成水，
被泥泞裹挟，被山石碰撞，
非是经历过无数层阻隔，
才能净化如初，
汇入地底的涌动。
山巅的固守究竟是不曾改变的初心，
还是畏惧前路的胆怯？

奔流的坎坷是自讨苦吃，

还是领略这世界后，

重归尘俗的必经之路？

那高洁，那尘土，

恐怕只是孪生的姐弟，

同属于一个宗族！

2020 年 9 月 11 日 15:19

乌鲁木齐开往北京西站的 Z70 火车上

如雪花般飘落

一场遭遇过后，

看着漫天飘落的雪花，

每一瓣都沉甸甸的，

伸出手，多想抓住，

可刚一触碰，

便消失得无影无踪，

那些精致的冰晶啊，

你出生的地方，

与我逃脱的地方，

在本质上没有什么不同。

可寒冷冻结了你，

凝固了你，

把你从虚无缥缈，

变得形态各异，

让世人皆为你啧啧称奇。

而此刻的我，

在遭遇的阴霾中，

保持缄默，

脆弱着，愈合着，

只消你一伸手，

我便重归这天地之间，
永恒的混沌与纯真。

2020 年 9 月 17 日 01:41
南开大学

追寻诗歌梦想的幸福日子

读初中的时候，我曾看过刘墉先生的一段访谈，他年轻时尝试性地出版了人生中的第一本书《萤窗小语》，结果却大出意外地卖了几千册。那时看完他的故事，我便不由自主地想，要是什么时候我也能出版一本自己的书，那就太好了。于是带着这颗梦想的种子，我从一所边疆的团场初中到了乌鲁木齐的一所高中，最后既梦幻又奇迹般地迈进了南开大学。

一路走来，文字，确切来说是诗歌，成为我最亲密无间的朋友。自从2012年7月写下第一首现代诗，写诗这件事儿已经陪伴我走过了七年多的时间，我也从一个青涩懵懂的少年长成了一个青年。我时常想，为什么会喜欢上诗歌，为什么能坚持七年写诗，到底什么是诗歌，诗歌在当下的意义究竟是什么？此时此处，我并不想回答这些难缠的问题，因为它们缠绕交织，看似乱作一团，非得走进诗歌本身，才有可能理出头绪，慢慢解开。

此处，我想先与诸君分享我与诗歌共同度过的岁月。对我来说，走进诗歌就像打开了一个匣子，里面既有光亮，也有阴影，可无论如何我都忍不住好奇心的驱使。于是在诗歌的召唤之下，我便不知不觉地与它密不可分。当然，爱上诗歌离不开独特的经历，一个人的经历就像是独一无二的模子，有的人布满棱角，有的人天生圆润，而我这样的人则喜欢披着诗歌这件外衣。

当下，虽然诗歌已经被搁置于文学的边缘，但人们却比任何时候都更需要它。诗歌可以用来回答生命，可以当作一种生活方式，还可以是一种思想，一种责任。通过诗歌，我们可以将目光投向日常生活中普通而细微的东西，去观察它们如何向彼此敞开心扉，如何彻底地感动和欣喜，如何创造种种非凡的可能，如何保持和守护个体的独特。透过这一切，我们将辨认自己，塑造自己，成就自己。这个过程中也许需要许多灵感的迸发，但不要以为灵感是诗人的特权，事实上所有用爱和想象努力经营自我的人都会被其造访。

如果你愿意写诗，那就继续偏爱这种"荒谬"吧！在语言贫瘠化的趋势下，也许你可以探索到语言的潜能，抵御创造力的萎缩；也许你可以借助与外界事物的联系和共鸣或者自身的精神世界获得创造的灵感；也许你可以提取出思想、感觉和经验的精华，保持真挚、通透和纯粹的心灵。如果你只想读诗，那就继续偏爱这种"荒谬"吧！读诗会让你更有情调，更加敏感，当然此处的敏感并非哀伤、脆弱或者多愁善感，而是去获得更加充实而丰富的感官体验，用鸟瞰的视角看清世界，用敏锐的听觉觉察窸窣的响动，用感觉领会风的骚动……进而升华为心理体验、精神体验和人生体验。这样的你既可热情似火，又可宁静如水，这样的你可以在冷热、急缓、快慢的随意切换中达到理想的平衡，这样的你可以号啕地哭、肆意地笑、尽情地疯、畅快地跑，大汗淋漓，酣畅尽致。

就这样观察、思考、感悟，陆陆续续地写了七八年。越写，便越想得到一些认可，越想与人分享和交流。2016 年底，南开大学 1997 级旅游系校友王磊先生回到母校，捐资设立了一个与众不同的基金——王磊涌泉基金，其中一部分用于支持有梦想的学生筑梦，故而取名"筑梦计划"。听到这个消息，我那颗埋藏了五年之久的梦想种子，在那一刻迫不及待地萌发出来。最终，我得以圆梦"诗意人生·青春主题个人诗歌展"。从第一届"筑梦计划"，到如今第四届"筑梦计划"，我重新再来，希望借助一本书，把过去几年里的作品呈现给众人。当然，它早已不再局限于个人诗歌作品，更吸纳了西部支教的经历和感悟。我常常觉得，支教时间是有限的，但带给西部学生的影响可以是无限的，所以我才想到出版这本书。透过那些支教笔记，我希望更多学生能够有信念、有创造力、有耐性；通过诗歌，我希望找到一种媒介，可以和学生平等自由地交流，引导他们培养完整的人格、强大的内心、卓越的胆识。

"筑梦计划"本身也历练了我，让我学会项目管理，学着制定、调整和实行计划，最重要的是让我深切领会到感恩的意义。这本书得以出版，我要感谢王磊先生，没有他的慷慨相助，这本书便不会在此时面世。同时，感谢一路以来教我读诗、写诗的老师们，尤其是我的硕士研究生导师崔丽芳副教授和本科毕业论文导师黄宗贤博士，感谢我的父亲母亲、家人以及朋友们的关怀和支持，感谢北京人文在线的周维萍编辑及所有参与出版的工作人员。

　　未来的路，不论走到何方，我都将握紧手中的笔，用诗歌的语言留存转瞬即逝的美，用错落的诗行比拟起起伏伏的人生坎坷，用内化的音韵奏响伟大生命的赞歌。如果你偶然看到此处，那么就让我们一路同行吧！不必形影相伴，但求心有灵犀！

2020 年 12 月 1 日

南开大学外国语学院